中公文庫

片隅の人たち

常盤新平

中央公論新社

目次

翻訳の名人 7
若葉町の夕 29
線路ぎわの住人 50
四月の雨 71
初夏のババロワ 92
黒眼鏡の先生 113
喫茶店の老人 135

新しい友人 157
夜明けの道 177
引越し 198
夏の一日 219
あとがき 241
昔のアパート 245
二十代の終わりごろ 250
解説　翻訳の達人たち　青山南 254

片隅の人たち

翻訳の名人

吉田さんをはじめて見かけたのは、三十四年も昔のことだ。そのことをはっきりおぼえているのは、何がおもしろくないのか、あんなにつまらなそうな表情をしていた人をあとにも先にも見たことがないからだろう。

吉田さんは渋谷百軒店《ひゃっけんだな》の薄暗い喫茶店でそれこそ憮然としたおももちで両切りのピースを喫っていた。カウンターの白い珈琲茶碗の横に青いピースの箱とロンソンのライターがおいてあった。

暑い日だったにちがいない、カウンターだけの細長いその喫茶店のドアが開いていて、奥にちょび髭をはやした、全体に丸い感じの植草甚一さん、真中に三つ揃いの吉田さん、手前に「EQMM」の編集長、都筑道夫さんがすわっていた。「EQMM」というのは「エラリー・クイーンズ・ミステリ・マガジン」の略称で、一冊が短編の翻訳探偵小説で埋まった、珍しい雑誌である。

古本屋の碇《いかり》さんと僕がその店の前まで行ったとき、三人とも無言で、真中の吉田さんが孤立しているように見えた。都筑さんは度の強い眼鏡の奥で目を光らせ、植草さんは天井を見上げていた。

やや親しくなった碇さんに珈琲でも飲みましょうとはじめて誘われて、喫茶店の前まで来たのだが、僕は恐れをなして、沙知となんどかはいったことのある、近くのカスミという、扇風機が窓ぎわに三台か四台おいてある、やはり薄暗い喫茶店にはいった。植草さんも吉田さんも都筑さんも近寄りがたい大人に見えたのだ。

三人に共通する印象をいまならプロフェッショナルと言うことができる。駆け出しの翻訳者でもなく、へたくそな下訳をつづけていた僕にとって、喫茶店のドアは開いていたけれども、目に見えない壁が立ちふさがっていた。

植草さんの書くものは映画雑誌などで愛読していたし、都筑さんが「ＥＱＭＭ」に書いている編集前記と短い洒落た解説が好きだった。しかし、真中にいた三つ揃いのいささかくたびれた紳士の顔を知らなかった。

古本屋から坂を上った路地にあるカスミにはいると、碇さんは珈琲を、僕は紅茶を注文した。あのころの喫茶店はたいてい薄暗くて、珈琲は煮つめたようにくろぐろとして濃かった。新宿の喫茶店で大鍋からポットに珈琲を注いでいたのを見て、ぞっとしたことがある。目の前で珈琲を淹れてくれる喫茶店は、沙知と会うときに利用していた、井の頭線渋谷駅に近いトップだけだった。沙知がトップに案内してくれたとき、僕は何年ぶりかで珈琲を飲んだ。

カスミで僕は植草さんと都筑さんにはさまれた知らない顔について尋ねた。第一印象がよくなかったので、僕の声はどうでもいいように聞こえたかもしれない。

「あの人が吉田龍夫さんですよ、ほら、エラリー・クィーンやディクスン・カーを翻訳している」

碇さんは即座に答えた。その声にはこの人らしからぬ畏敬の念がこもっていた。

「翻訳の名人だってどなたも言ってますよ」

碇さんがお客についてうやうやしく話すのは珍しい。植草さんについては友達づきあいのようなことを言っていた。それもわかるような気がした。植草さんは古本屋ではかならず値切るのだったが、しかし、値切るというよりむしろ自分で値段をつけた人である。

碇さんの言葉に僕はうなずいたにすぎない。クィーンやカーの密室ものは学生のころに「宝石」の別冊なんかで読んで卒業したつもりになっていたから、いわゆる本格ものの翻訳や翻訳者に興味がなかった。

碇さんが相棒の中年のおじさんとやっている古本屋でも、僕はクィーンやカーなどに目もくれなかった。もっぱらハードボイルドの探偵小説を買いあさっていたが、英語を読む速度がおそかったので、読まないペイパーバックがたまっていた。要するに僕の英語は翻訳のほうも読むほうもだめだったのだ。

碇さんは植草さんを紹介しましょうか、都筑さんを紹介しましょうかと親切に言ってくれたけれど、僕は遠慮した。植草さんは喫茶店でペイパーバックを一冊一時間で読んでしまうと聞いていた。都筑さんは「EQMM」の編集があるので、ペイパーバックの探偵小説を読んでいて夜中になると、躊躇なく犯人は誰かがわかる結末を読んでしまうそうだった。こういう人たちに、半人前にもなってない僕には、近づく度胸などなかった。

碇さんは吉田さんを紹介しましょうかとは言わなかった。碇さん自身、吉田さんとは親しくなかったのだろう。碇さんから古本屋に出入りする人たちの噂をずいぶん聞いていたが、吉田さんの話はまだしてなかったと思う。

道玄坂を少しあがって、両側に洋服屋や化粧品屋などが並ぶ路地をはいっていくと、碇さんの古本屋があった。店先に新着の「プレイボーイ」が吊してあって、その下には「ライフ」や「サタデイ・イヴニング・ポスト」などの雑誌が山積みにしてあり、左右の壁にはペイパーバックがぎっしりと並び、奥の書棚にはハードカバーがおいてある。アメリカの雑誌と本だけを扱う古本屋はほかになかったので、はじめて行ったとき、僕は宝の蔵にはいった気がした。

この古本屋の名前をいまだに知らない。はたして名前があったのかどうか。夏は暑いし冬は寒い店だったけれども、そんなところへ毎日のように通ったのは、おそらくそこに新しい、しかし薄汚れたアメリカがひっそりとあったからだろう。汚れてない本はほとんど一冊もなかったが、新宿の紀伊國屋書店にも日本橋の丸善にも、またときどき覗いていた銀座のイエナにもアメリカのペイパーバックはまだなかったし、雑誌もなかった。碇さんの古本屋では、さまざまの版元のペイパーバックが手にはいった。あとで知ったのだが、一九五〇年代はアメリカには小さなペイパーバック出版社がたくさんあって活動していたのである。それが五〇年代の終り近くから中小のペイパーバック出版社は吸収合併されていったという。

それに、一九四〇年ごろのペイパーバックも碇さんの古本屋に並んでいた。新しいペイパーバックや古いのをどこから仕入れてくるのか、碇さんは口をにごして語らなかったが、出どころはたぶん米軍の基地だったろう。一週間か十日に一度、新しいペイパーバックや雑誌がはいってきた。そういう日にこの古本屋を訪ねればよかったのであるが、僕は大学院のクラスをさぼって通っていた。碇卯之吉《いかりうのきち》という一風変った小柄な中年のおじさんと親しくなったのも当然である。

碇さんはほんとうに不思議な人だった。身体が小さい上に痩せていて、アメリカの雑誌やペイパーバックのことをよく知っていた。そういう知識は都筑さんや植草さんなどから得たのだろうが、喫茶店でいっしょにお茶を飲んでいると、碇さんは僕に教えてくれるのだった。

碇さんの相棒もまた変っていた。碇さんより身体は大きくて、古本屋のおやじらしくいつも気難しい顔をしているが、たまに笑うと、歯のない口のなかが小さな洞窟のように見える。皺の寄ったシャツを着ていたので、その姿しか思い出せない。碇さんはジャンパーを着ていて暑い時期はシャツ一枚だった。二人は満州で戦友だったと聞いている。あのころは百軒店そのものがうらぶれていて、古本屋は吹きだまりの感じがした。そこを通りすぎて少し行くと、右手に公衆便所があり、古本をいじったあと、そこで小便をしていると、こんなところに出入りしていたのじゃ、いつまでたっても沙知と結婚できないなと前途を悲観した。碇さんも相棒も変り者だけれど、僕も二人に劣らず変り者であり、二人と同じく世の中の落伍者であるような気がした。

碇さんに僕は仲間意識に似たものを抱いていた。年齢がひとまわりもちがうけれど、カスミなんかで話しこんでいると、時間がたつのも忘れた。ただ、私生活については碇さんは話してくれなかったので、結婚しているかどうかはわからなかった。年齢も知らなかったが、たぶん四十近かったろう。三鷹に住んでいると言ったが、いまはそれも怪しく思われる。碇という名前だって疑わしい。

しかし、碇さんや相棒のおじさんばかりでなく、あの古本屋に来ていた客も変っていたと思う。その数は多くなかったはずだが、誰も知らない、そして誰もかえりみなかったアメリカのペイパーバックと雑誌にウツツをぬかしていたのである。その情熱たるや、僕自身のことをふりかえってみても凄まじいものだった。

買う人がいなかったから、値段も安かった。碇さんもただ同然で仕入れていたにちがいない。アメリカは安かったのだ。ペイパーバックが碇さんの店では二十円、「プレイボーイ」は五十円、ただし最新号は百二十円だった。しかも、安くて面白かったのだ。誰も相手にしないものに注目するという、ひそかな楽しみとささやかな誇りもあった。ただ、そのなかでひとり超然としている人がいた。それが吉田さんだった。

カスミで碇さんから吉田さんのことを聞いてまもなく、吉田さんに古本屋で会った。この前は茶の三つ揃いだったが、その日の吉田さんは濃紺の三つ揃いを着て、紫色の風呂敷包みを小わきに抱えながら、店の書棚を眼鏡をはずして見ていた。興味をもって見ているのではなく、こんなくだらんものといった目つきに思われた。

奥の低い丸椅子にすわっていた碇さんは、僕がはいっていくと、立ちあがって、あらたまった口調で僕を紹介した。

「吉田先生、こちらが矢内さんです」

吉田さんは眼鏡をかけて、僕のほうをちらりと見た。かるく頭を下げてから、視線を書棚にもどした。僕はどぎまぎして、碇さんが余計なことをしてくれたと思った。まだ植草さんや都筑さんにも紹介してもらってないのに、人づきあいの悪そうな、狷介な翻訳者に引きあわせてくれたのを怨んだが、碇さんは赤い顔をして照れ笑いを浮べていた。

じゃあ、と吉田さんはまもなく言って、そそくさと帰っていった。僕は、困ったよと碇さんに言った。

「だめですよ。そんなに引っ込み思案じゃあ。このつぎは植草さんや都筑さんも紹介しますよ」

碇さんは僕のことを心配してくれているのだった。それはよくわかったけれど、僕には荷が重すぎた。あとになってみれば、それがよかったようだ。

なぜか僕が古本屋に行くと、吉田さんが三つ揃いに風呂敷包みをもって来ていることがその後なんどかあった。会うたびに僕は丁寧に挨拶し、吉田さんのあのつまらなそうな顔に微笑が浮ぶようになった。会うたびにその笑顔が会うたびに親しげになっていくように感じられた。

吉田さんは五十四、五歳だったろう、白い髪がふさふさとしていた。

「珈琲でも飲みましょうか」

ある日の夕方、吉田さんに言われて、僕はびっくりした。冷たい風が古本屋の狭い路地を吹き抜けていくころだった。僕が古い、一九三〇年代の「エスクァイア」を見ていたら、吉田さんがはいってきて、しばらくしたら声をかけてきたのだ。例によって渋い茶の三つ揃いに本が二、三冊はいっているらしい紫色の風呂敷包みを持っている。僕は五時にトップで中川沙知に会うことになっていた。まだ四時である。

時間はあるが、ひとりでは心もとないので、碇さんにも同行してもらいたかったが、あいにく相棒がいなかった。碇さんは僕のほうを見て、どうぞどうぞと言うようににこにこしている。

「トップへ行きましょう」

店を出ると、吉田さんは言った。はあ、と僕は畏って答え、路地から出ると、道玄坂をおりて、喫茶店に行ったが、その間、吉田さんも僕も無言だった。なぜ僕なんかを誘ってくれたのかと僕は不思議な気がしていた。一体話すことがあるのか。吉田さん訳のクィーンやカーはほとんど読んでない。「EQMM」に載った短編の翻訳には目を通している。読みやすいけれど、平凡すぎてそんなに巧い訳だとは思わなかった。吉田さんの巧さが未熟な僕にはまだわからなかった。平凡の良さを知らなかったのだ。

トップの窓ぎわの席につくと、吉田さんは珈琲を二つと注文した。冴えない、不景気な声で、僕は吉田さんの声を今日はじめて聞いたことに気がついた。地下鉄では電車の音にかきけされてしまう声である。

「大学院に行ってるんだって?」

ピースを喫いながら、吉田さんが尋ねたので、僕は、はいと答えた。ついで年齢を訊かれて、二十四歳と情ない気持で言った。

「じゃあ、まだまだだ」

何がまだまだなのか、僕が顔を上げてみると、吉田さんはかすかに笑みを浮べている。口の両端がつり上がって、煙草のやにで汚れた黄色い歯がのぞいた。苦笑いとしか言いようのない微笑である。

「翻訳は老人と女の仕事ですよ」

それで、まだまだという意味がわかった。

「それで、僕も翻訳をするようになった。だから、翻訳では駆け出しです」

二つのことが僕は気になって、その一つを言ってみた。女の仕事ということである。風貌とちがって、吉田さんが話好きではないかと僕は思いはじめていた。年齢に似合わず恥かしがり屋でもあるようだ。

「翻訳は家事に似てるんですよ。単調な仕事でね。毎日、五時間から八時間机の前にすわってないと、翻訳は出来あがらないでしょう。外を出歩いてちゃ、いつまでたってもできない。女も出歩いていたら、家のなかはどうなりますか」

吉田さんはぼそぼそとつづけた。煙草の灰が落ちそうになり、気がついて灰皿に落とした。外は暗くなりかけて、トップの前を通る人たちはみな急ぎ足だが、窓ガラスをへだてた店のなかは、客は僕たちのほかにカウンターに三人いるだけで、のんびりとして暖かい。なんだかぬるま湯につかっているみたいで、僕は気持が楽になり、吉田さんの顔からもつまらなそうな表情は消えていた。

「翻訳なんてね、女々しい職業ですよ」

吉田さんの言葉はひとりごとのようだった。相手が僕だから、安心して話しているようにも受けとれた。

じゃあ、どうして翻訳家になったんですかと僕は訊いた。人はどうして翻訳家になるのか、なりたいのか、吉田さんに教えてもらいたかった。僕も翻訳者になりたいと思っていたからだ。

「食わなきゃならないし、それに僕は辞書を引くのが好きでね」

辞書を引かなくても翻訳できるようになりたいと僕は虫のいいことを考えていたので、吉田さんの返事は意外だった。

「辞書を引くなんて面倒くさくないですか」

「年齢をとったら、辞書を引くのがますます楽しくなった。それで、翻訳は年寄りの仕事だと思うようになってね。実は僕は辞書きちがいなんだよ。若いころは辞書を集めるのが趣味だった。君はどうですか。どんな辞書を使ってるの」

僕は持っている辞典の名前を正直にあげた。大英和辞典、コンサイス英和辞典、米語辞典。それから、なぜか買ってしまったが、めったに使わぬアメリカニズム辞典。恥かしかったが、吉田さんは何も言わなかったし、軽蔑した顔もしなかった。もしかしたら、僕の言うことなど聞いてなかったのかもしれない。

考えてみれば、辞書を引きたくて翻訳をしているなんて、気障な言いぐさである。かりに僕が一人前の翻訳者だとして、そんなことを口にしたら鼻もちならないだろうし、誰も信用しないだろう。けれども、吉田さんが言うと、そのまま信用することができた。年齢をとって辞書を引くしか楽しみがなくなった、そんなようすが見えた。だから、つまらなそうな顔をしているのではないか。

辞書を引いても出てないことはありませんか、と僕は訊いた。

「そりゃあ、ありますよ。でも、いろんな辞書にあたってみてね、最後はウェブスターとかOEDとかを調べてね、やっと意味がわかったときの、よろこびといったらいいですかね、これは探偵小説より面白いですよ」

「でも、たった一つの単語をそうやって調べるなんて――」

「たった一つの単語だからですよ」

吉田さんはいきおいこんで言った。僕はほっぺたをなぐられたような気がした。それまで仙人みたいだった人の声が急に大きくなったからで、僕は思わず、すみませんと言ってしまった。

珈琲がはこばれてきた。吉田さんは砂糖をスプーンに三杯も入れ、ミルクを注いだ。僕は砂糖は二杯、そしてミルク。しばらく黙って珈琲を飲んだ。吉田さんは新しい煙草にロンソンのライターで火をつけた。僕も喫いたかったが我慢した。なにも遠慮することはなかったが、喫いすぎに気をつけていた。そのかわり質問した。

「探偵小説の翻訳をはじめて、もう何年ですか」

「三、四年かな」

「失礼ですが、その前は？」

「ぶらぶらしてた。その前は社長をやっててね」

どんな会社であるかは話してくれなかったが、戦前から社長だったそうである。父親が死んで、三十歳で社長になった。探偵小説は、会社がつぶれてぶらぶらしているとき、暇つぶしに手あたりしだい読みはじめた。芸は身をたすくという言葉を僕は思い出していた。

「社長ったって戦前の呑気な時代だから、することがなくてね」

吉田さんはまた笑顔になってつづけた。僕はしだいに興味をそそられてきた。

「日本橋の丸善にはよく行ったな。秘書がついてきてね。秘書が財布を持ってるから、僕は持つ必要がない。辞書のほかに小説類を買っていた。翻訳稼業をはじめるようになって気がついたんだが、英国の探偵小説が多かった」

羨ましい話だった。吉田さんが買った小説はみなハードカバーに決まっている。戦前はペイパーバックなどという、いじましい本は丸善にはいってなかっただろう。

何もすることがない社長という身分も羨しかった。むしろ、こちらのほうがもっと羨しいほどだった。自分は本を選ぶだけで、代金は秘書が払ってくれる。買った本をはこぶのも秘書の役目だろう。この人は育ちのいいお坊ちゃんだったのだ。しかし、目の前にいる吉田さんはむしろ貧相に、何かに打ちのめされたように見えた。僕の父より若いのに、吉田さんは老けていた。戦争で何もかも失ってしまったのだろうかと想像した。

珈琲を飲みながら、そんな想像がはたらいたのは、沙知の両親も戦争で何もかも失って、駒沢の戦災者住宅に一時住んでいたことがあるからだ。ようやく武蔵小金井に家を建てて、沙知が自分の部屋を持ったのは二年前のことである。

ふと思いついたことを僕は訊いてみた。戦争中はやはり社長だったんですか。

「社長だったけれど、もっと何もすることがなくてね」

吉田さんは言って、三本目の煙草を箱からとりだした。

「じゃあ、何をなさってたんですか」

「そりゃあ、買っておいた本を読んでいましたよ。カーとかクリスティーとかクロフツだとか。戦後もそういう時期がつづいた。大久保康雄って知ってますか」

もちろん知っていた。僕が大学二年のころに読んだ『風と共に去りぬ』の翻訳者だ。

「彼に訊いてみたことがあるんですよ、君は戦争中に何をしていたかって。ヘンリー・ミラーの『南回帰線』を翻訳してたそうです。僕は他人のやることにめったに感心しないけれど、大久保のその話には感心した、いや、感動したといったほうがいいでしょう。偉いですよ」

僕はうなずいたが、吉田さんだって偉いものだ。けれども、吉田さんの話はいつまでつづくのだろう。五時には、浜松町の稽古場から沙知がやってくる。今日は約束の時刻に遅れないと彼女は言っていた。ここで落ち合ったあと、高田馬場の僕の家――といっても、二軒長屋の一軒である――で、沙知が夕食をつくってくれる。

僕は少しぬるくなった珈琲を飲みおえた。吉田さんのは半分ほど残っていて、受け皿のまわりに煙草の灰が散っている。

外は暗くなっていて、窓の向うに並ぶ小店の灯が明るい。その路地に沙知の姿が見えた。赤いコーデュロイのジャケットにタータンチェックのスカート。彼女も僕に気がついて、笑みを浮べた。親しくなってもう一年半になろうとしていた。吉田さんが僕のようすに気づいてふりかえって、路地のほうを見た。

「ガールフレンドですか」

興味と冷やかしと無関心のいりまじった、冴えない声で訊いた。ガールフレンドというのがバタ臭く聞こえた。吉田さんには古風なバタ臭さがあった。

日本橋丸善二階の洋書売場でたまたま吉田さんに会ったために、神田駅前の出版社までお伴することになった。十二月はじめの、百貨店からクリスマス・キャロルが聞こえてくる寒い日だったが、吉田さんは丸善を出ると、地下鉄には乗らないで歩いていった。そのほうが話ができるだろうというのである。地下鉄では吉田さんの声が通らないし、僕の声も吉田さんのに似てぼそぼそしているから、吉田さんの耳に叫ばなければならない。ただ、五分たらずで神田駅に着いてしまうから、話もできないだろう。

トップではじめて珈琲をご馳走になったあと、なんどか吉田さんに会い、そのたびにトップへ連れてゆかれた。会えばかならず沙知のことを尋ねて、はきはきしたいい娘だと誉めてくれた。実は、沙知も珈琲をご馳走になったのである。彼女が新劇の小さな劇団に所属していることを碇さんからでも聞いたのか、吉田さんはすでに知っていた。

「新劇女優とはうまくいってますか」

日本橋の交差点をわたると、吉田さんは訊いた。こういう質問はほんとうに困る。まあとか、ええとか答えるしかない。吉田さんだってまともな返事を期待していないだろう。ただ、吉田さんの僕に対する好意のようなものを感じはじめていた。

「うまくいってると思います」

答えたけれど、答えなくてもよかったのだ。吉田さんはべつの話をすでにはじめていた。

「丸善は戦争中は丸の内にあったんですよ。そのことをいま急に思い出した。新刊がなくて古本を売ってたんですよ。そこにもよく通いましたね」

吉田さんの足は速くなかった。黒っぽいオーバーが暖かそうで、風呂敷包みを小わきに抱え、両手をポケットに入れていた。

そのころ、一ドルは円にするといくらだったのですかと尋ねてみた。さあ、と言ったきり、吉田さんは考えこんでしまった。

「いくらだったかなあ。自分で金を払ってればおぼえているんだが、欲しいとなんでも買っちゃったからね――」

あとは秘書まかせだったのだろう。僕なんか一冊二十円のペイパーバックを買うにも考えてしまう。

「でも、戦争が終ったら、会社がつぶれて、残ったのは荻窪の家だけだった」

その家が大きくて書斎もあり、敷地が何百坪もあると碇さんから聞いていた。碇さんがどうしてそれを知っているのかはわからない。碇さんは自分のこととなると、口をつぐんで、曖昧ににやにやしてみせるが、他人の私生活については楽しそうに教えてくれる。吉田さんとは正反対である。吉田さんは質問すれば、素直に答えてくれる。その日、僕は翻訳者になったきっかけについて尋ねてみた。

「乱歩さんだよ」

「江戸川乱歩ですか」

「そう」

そして、「宝石」の話をはじめたのだった。僕は「宝石」でエラリー・クィーンの長編をはじめて読んだ。たしか『途中の家』だったと思うが、ちがう作品だったかもしれない。

だから、探偵小説の面白さを知ったのはエラリー・クィーンのおかげなのだが、その後、双葉十三郎訳のチャンドラーの『大いなる眠り』を読んで、ハードボイルドの私立探偵ものが好きになった。

「宝石」という雑誌が翻訳ものを載せはじめたとき、その原書を頼まれて提供したのが吉田さんなのである。乱歩が「宝石」のために原書を借りにきたという。それで、乱歩と親しくなり、「宝石」に載せる作品を自分の書庫から選んでいるうちに、翻訳をはじめるはめになった。

「なにしろ食っていかなきゃならなかったんでね。いつまでもぶらぶらしてられなかった」

僕は笑ってしまった。僕だっていつまでもぶらぶらしていられる身分ではなかったからだ。しかし、吉田さんのような翻訳の名人ではないから、翻訳で身を立てるというわけにいかない。

十五分ほどで出版社に着いたが、入口のガラス戸を吉田さんが開けようとしても開かないのにまず驚いた。もっと立派な建物かと思っていたのに、こわれかけた倉庫みたいである。この出版社で出ている翻訳探偵小説は洒落た装幀だったから、出版社も瀟洒な社屋をかまえているのかと思った。

内側からガラス戸が開いて、若い女が顔を出し、立付けが悪くてご免なさいと吉田さんに言った。入口といっても、すぐ目の前に本を積んだカウンターがあり、コンクリートの床には何足もの靴がぬぎすててある。二階からおりてくる足音がして、スリッパをはいた長身の男が姿を現わした。

「おや、吉田さん、きょうは」

その男は意外そうに言った。

「勘定をもらいに来ました」

吉田さんは照れくさそうに答えると、男は頭を搔いて笑った。

「印税ですか。じゃあ、いま経理からもらってきます」

男は階段のかげになった、電気スタンドで明るくしてある机のほうに行った。その机の前に誰か人がいるらしい。やがて、男は封筒を手にしてもどってきた。

「お茶でもいかがですか、先生」

そういいながら、吉田さんに封筒を手わたした。吉田さんは封筒から中身をとりだしてみた。小切手だった。

若くもない、その男が靴をはくと、僕は小声で失礼しますと吉田さんに言った。男が編集者であることはわかっていた。「ＥＱＭＭ」を編集する都筑道夫さんと感じが似ていたのだ。

吉田さんは、ま、いいじゃないかと僕を引きとめた。けれども、勘定をもらいに来ましたという言葉にショックを受けていた。吉田さんらしからぬ台詞だと思ったのだ。翻訳の名人がこんなことを言っていいのか。

そのとき、僕は何も知らなかった。二十四にもなって、それが吉田さんの自己韜晦《とうかい》でありユーモアであり、やりきれなさであることを理解しなかったのだ。ずいぶんあとになって、あれは吉田さんらしいダンディズムではないかとも思った。

また、吉田さんがお金に困っていたことも知らなかった。小切手が荻窪のお屋敷に郵送されてくるのをとても待ちきれなかったのにちがいない。

翻訳者は貧乏なのだということも僕が翻訳者の端くれになってみて、はじめて実感した。ただ、そのころはわからないことだらけだった。実を言えば、自分がいかにものを知らないかということに気づいていなかった。そのくせ、一日も早く翻訳者になりたいと図々しく考えていたのである。

僕は吉田さんが引きとめたのに、編集者らしき人に一礼して、神田駅から国電に乗って高田馬場に帰った。勘定という言葉が胸のなかに引っかかっていた。御用聞きじゃあるまいしと憤慨してもいた。

しかし、そのつぎに碇さんの古本屋で吉田さんに会ったとき、何ごともなかったかのように珈琲を飲もうと言い、それから思いついたように、ガールフレンドは元気ですかと訊いてきた。僕がひそかにむくれたことなどを知らないのだった。

トップはクリスマスの飾りつけがしてあった。狭い店内に小さなクリスマスツリーがおいてあって、豆電球が点滅していた。それだけでもう華やかな雰囲気が生れていた。クリスマスツリーのそばのテーブルで沙知が待っていた。吉田さんもそのテーブルにいっしょにすわり、はこばれてきた珈琲にミルクと砂糖三杯を加えて一口飲むと、沙知と僕を見て、あの黄色い歯を見せて、声もなく笑った。

「どうやら今年も年を越せそうですよ」

そして溜息をついた。深い、深い溜息。その溜息で不思議なことに吉田さんが若くなったように感じられた。お金のことばかりではなく、ほかのことでも思い悩んで、自然に出た溜息のようである。けれど、これは僕の考えすぎかもしれなかった。

吉田さんが入口のほうに向って手を上げた。沙知と僕がふりかえってみると、女の人が立っていた。黒いオーバーを着た、きれいな、年齢は三十七、八らしい女性である。泣いているのか笑っているのか、わからないような、切ない表情。吉田さんは勘定書をつかんで、あわてて立ちあがった。

「僕はこれで失礼する」

それから、千円札を一枚テーブルにおいた。

「悪いが、これで鰻でも食べなさい」

吉田さんは切ない表情の女の人を押し出すようにして、喫茶店から出ていった。吉田さんが鰻が大好きであり、あの女性とは三年前からつづいているのを知ったのは、年が明けてからである。それを教えてくれたのは、こんどもまた碇さんだった。

沙知は感心して僕に言った。

「翻訳の名人ってもてるのねえ」

若葉町の夕

沙知がいると、四谷若葉町の六畳一間のアパートにはいろんな人がやってきた。沙知と結婚してはじめて迎えた冬の土曜日の夜は、かならず誰かが来ていた。沙知か僕の友達で、みんな独身であり、沙知のつくる夕食がお目当てだった。

寒い夜はデコラ張りの卓袱台か炬燵をかこんで、鳥鍋を食べた。沙知は味付けがうまいので、食事が終るころには、ガス焜炉《こんろ》にのった、小さな鉄鍋のなかは空っぽになっていた。沙知の料理上手は母親ゆずりだろう。戦前の若かったころに贅沢な暮しをしていた母親が魚や肉を選ぶことから沙知に料理を教えたのだ。結婚する前の僕は少食だったが、沙知の家を訪ねたときは、彼女の母親のつくる料理が美味しくて、御飯を二杯も食べた。

沙知がつくるロールキャベツもみんなによろこばれた。これだって母親に教えられたのである。しかし、寒い夜は鍋ものが多かった。お鍋にすると安いのよと沙知はよく言っていた。鳥鍋にしたのは、鳥肉屋がすぐ近所にあったからだろう。アパートを出て百メートルも行かないうちに、そこは新宿通りで、角に鳥肉屋があった。僕は痩せていたので、沙知は毎日のように鳥のレバーを僕に食べさせた。鳥肉もレバーも僕は嫌いではなかった。

鳥鍋の食事がすむと、沙知が淹れた焙じ茶を飲みながら、とりとめもない話をした。沙知の友達は、僕がアメリカの探偵小説を翻訳しているのを知っていて、ケネディってどんな人なのと僕に尋ねたりした。沙知の友達が来たときは、僕がもっぱら聞き役にまわるので、僕を話の仲間に入れようとしているように見えた。

アッコという沙知の友達がジョン・F・ケネディのことを話題にしたのは、十一月に大統領選挙でリチャード・ニクソンを破って当選したからだ。僕は、ケネディがアイルランド系のアメリカ人として初の大統領であることや、彼の父親が不動産で財をなしたことなどわずかに知っていることがらを話した。もっとも、僕はケネディや大統領選挙や政治にさほど関心がなかった。アメリカの政治経済に興味があったら、翻訳の仕事などしていないだろう。

父親が貿易商だというアッコは、沙知が仲良くしている劇団仲間のなかでは、すっきりした感じの一番の美女で、おっとりと育ったようなところがあった。そのくせ、煙草をぷかぷか喫い、酒はおそろしく強かった。沙知が所属している、若い人が多いその小劇団には酒の好きな役者がそろっていたが、沙知に言わせると、誰もアッコにはかなわないそうだった。角瓶一本空けても、けろりとしているらしい。酒の味は高校生のころに知ったとアッコが僕に話してくれたことがある。

「ある晩、父がおまえも飲んでみるかって、オールド・パーというイギリスのウィスキーをグラスにちょっぴり注いでくれたの。それを一口飲んだときは噎《む》せたけれど、二口目はすごく美味しかった」

ついアッコと気やすく呼んできたが、俳優座養成所で沙知より一期下の野村明子である。彼女が両切りのピースを喫っていると、小生意気な、そして物憂い雰囲気に包まれるのだった。沙知とは気が合うのか、僕がデコラ張りの卓袱台で翻訳をしていると、よく二人で渋谷の桜ヶ丘にある劇団の稽古場から帰ってきた。アッコは独身だったけれども、アッコと並ぶと、沙知まで屈託がなくて、結婚しているようには見えなかった。二人が歩いているのを見かけたアパートの大家さんは、姉妹ですかと僕に訊いた。

沙知とは五月に結婚して、このアパートで新しい生活をはじめた。僕はそれまで高田馬場に住んでいたのだが、新しい住まいは、ちっぽけな台所のついた六畳一間だけなので、渋谷百軒店や神田神保町の古本屋で買いあつめたアメリカのペイパーバックや雑誌をあらかた戸塚の南洋堂という古本屋に引きとってもらった。ペイパーバックは一冊五円だったが、それでもまとまると二万円近くになって、それを新しいアパートの権利金か敷金にあてた。

いつも割烹着をつけた大家のおばさんは僕たちに親切で、ときどき風呂に入れてくれたりした。新築のアパートで、おそらく夫をなくして、将来のために二階をアパートにしたのだろう。僕たちの部屋の東隣は、大柄な夫婦が住んでいて、ご亭主のほうは夜の明けないうちに魚河岸に出かけてゆき、昼間はたいてい寝ていた。西隣は、顔を見たことはなかったが、酒場にでも勤めているのか、夜ふけに帰ってくると、よく大声で泣いていた。泣き上戸なのねと沙知は言った。便所は共同である。

結婚してまもなく、沙知は子供の芝居で旅公演に出かけた。二ヵ月近く岩手青森秋田の三県をまわって、町や村の学校や公会堂で子供たちに芝居を見せるのである。僕はそのあいだ独身生活にもどり、夕方、勤めから帰る途中、食事をすませ、アパートに帰ると、卓袱台で翻訳をした。四月から神田の小さな出版社に勤めていたのだ。毎日、翻訳の原稿を読まされていた。出社は十時で、残業はなかったから、六時になると、国電で帰っていた。四谷駅から若葉町のアパートまでは都電に乗るまでもなく、歩いて十分とかからない。

七月末ごろに沙知が帰ってくると、しばらくは旅に出ることもなかった。彼女の言うドサまわりがなくなって、いっしょに住めるのを沙知はよろこんでいた。そして、沙知とともに彼女の友達ばかりでなく、僕の仕事に関係する人たちまで若葉町のアパートを訪れるようになった。沙知と僕はもちろん彼等を歓迎した。

アパートの六畳間は冷蔵庫や本棚や三面鏡や洋服簞笥などがおいてあって、ほんとうに狭かった。ただ、三面鏡を除けば、ほかはみんな小さい。僕はなるべく本や雑誌を買わないようにした。それは辛いことだったけれども、必要最小限の本で暮すように努めていた。薄汚れたアメリカのペイパーバックに埋もれた、だらしない生活を清算しようという気持もあった。

夏のあいだ、狭いアパートは暑かったが、北側の廊下に出るドアを開けておくと、風が通って、暑さも気にならなかった。給料日や翻訳の原稿料がはいった日や沙知がギャラをもらった日など、浴衣姿の沙知と連れだって、夕食に近くの鮨屋や鰻屋やとんかつ屋に出かけた。

僕はなるべく早く勤めをやめて、翻訳一本で食べてゆくつもりでいた。それから十年もサラリーマン生活をつづけるとは考えてもいなかった。ただ、六畳一間の沙知との生活に僕は満足していた。僕たちは預金なんかなかったし、給料日の前など、お金が七百円しかないわと沙知がおびえたように言うことがあって、たしかに貧しかったけれども、若葉町のアパートにやってくる人たちもみんな貧乏だったから、実は貧乏であることを忘れていたか、それに気づかないでいた。

アッコは見るからに良家のお嬢さんだったが、お金が欲しいなあと男の子みたいな口調でよく言っていた。その口調のせいか、僕には彼女がそれほどお金を欲しがっているようには聞こえなかった。お金がないならないで、そんな生活を楽しんでいるように見えた。

沙知より二つ年下のアッコには小泉謙一、通称ケンというボーイフレンドがいるのだが、恋仲なのかどうかはわからなかった。ただ、僕たちのアパートに二人でたびたびいっしょにやってきたので、沙知は、いずれアッコはケンと結婚するんじゃないかしらと言っていた。

ケンがアッコに惚れているのは、彼がアッコを見る目つきや、彼女の肩や腕に触れる手つきでわかったが、アッコのほうは沙知や僕に対するように、ケンに接していた。ときどきケンが彼女のボディガードに見えた。といって、がっしりした体軀の持主ではなく、ケンも僕と同じように痩せていた。アッコに対して兄貴ぶっていたから、そんなふうに見えたのかもしれない。僕たちは二人の結婚を願っていた。沙知に言わせると、二人は山の手の坊ちゃん嬢ちゃんだったし、僕から見ても似合いのカップルだった。

「お茶をください」

成田が言ったので、僕は土瓶を持って反射的に立ちあがり、台所に行って、ガス焜炉にマッチで火をつけて湯を沸かした。週に三度は朝食にビフテキを食べると自慢する成田京一は、身長は一メートル五〇くらいで小さいけれど、二重顎になるほどふとっていて、太い声に威圧感がある。

僕は土瓶にお湯を注ぐと、デコラ張りの卓袱台にもどり、壁を背にしてすわって、成田の茶碗に焙じ茶を注いでやった。成田は有難うとも言わずにお茶を飲んで、また卓袱台の上に肘をついた。

卓袱台の脚がひろがって傾いたように思われた。この折りたたみ式の卓袱台は食卓でもあり仕事机でもある。仙台の兄たちが結婚の祝いにくれたものだ。もっと高価な品をおくってくれればいいのにともらった当初は思ったが、いまは使いやすくて重宝している。すわる場所が窮屈なので、卓袱台を押しもどした。話しているうちに、成田が卓袱台を押してくるので、僕は壁ぎわに押しつけられるようになるのだった。まだ一時間もたっていないのに、僕はなんて押しの強い、我の強い男だと思いながら、三度も押しかえしたのだが、成田は押されるがままになって、気づいたようすはなかった。

「僕は江戸っ子だから」

話のなかで、成田はなんども日本橋生れの江戸っ子だと言った。この言葉の意味が僕にはわからないかのように、なんども言うのだ。そこに彼の誇りや存在理由があるように思われた。

「あなたは仙台出身でしょう。岩手県だね」

仙台は宮城県だと僕は訂正しなかった。東京以外は成田にとってすべて泥くさい野暮な田舎なのである。江戸っ子であることをこんなに自慢する男に会ったのは、東京に来て十年近くになるが、あとにも先にも成田がはじめてだ。とんだ男と知り合ったものだが、これも仕事だから、好き嫌いを言っていられなかった。

七時を過ぎていたが、沙知はまだ帰っていなかった。朝、僕が出かけるときに、彼女は六時ごろには帰っていると言っていたのだが、たぶん稽古に時間がかかっているのだろう。今夜、成田が訪ねてくるのは、沙知に伝えてはいなかった。今日の午後、会社に成田が電話をかけてきて、話があるので、今夜お宅にお邪魔したいと有無を言わせぬ調子で言い、こちらの都合もきかずに電話を切ったのである。

成田とはその一月ほど前に村山さんの紹介で知り合った。村山久雄という僕の翻訳の先生ともいうべき先輩は面倒見のいい人で、九月の夕方に突然、僕が勤めている出版社にやってきて、会わせたい人がいると言って、神田神保町のいまにも崩れそうな木造家屋の二階にある出版社に僕を連れていったのだ。階段をあがるとき、ミシミシという音がして、薄暗い小さな部屋には木の机が所狭しと並んでいた。

村山さんは成田に僕を紹介した。僕より二つか三つ若そうな、眼鏡をかけた小男で、無精髭が伸びていた。もらった名刺を見ると、日本版の「エラリー・クイーンズ・ミステリ・マガジン」に似た雑誌の編集者である。つまり、翻訳推理小説の月刊誌だった。成田はさっそく僕に二十枚ほどの短編の翻訳を頼んだ。作者はC・B・ギルフォードという知らない作家である。短いもので僕の力倆を探ろうというわけだろう。僕はあっさり引き受けた。翻訳するのが楽しくて、どんなものでも翻訳するつもりでいたし、二十枚なら二日でできる。

村山さんはズボンのポケットに手をつっこんで、成田と僕のやりとりを面白そうに見ていた。彼は僕よりもむしろ成田の顔のほうに目を向けていた。成田が僕に原稿の締切日を言うと、村山さんが成田に声をかけた。

「成田君は髭がのびると、山賊の子分になるね」

とたんに成田の顔色が変った。眼鏡の奥の目が村山さんを睨みつけたが、村山さんのほうはそれに気がつかないのか、大きな発見でもしたかのようににやにやしていた。なるほど、村山さんの言うとおり、顔だけ見ると、成田は漫画にでも出てきそうな山賊にそっくりで、やはり山賊の親分というより、親分に対して不平不満を胸に秘めた子分である。

成田はそのあと村山さんにひとことも口をきかないで、初対面の僕に話しかけてきた。といっても、ごみごみした編集室に三十分もいなかっただろう。こういうときはたいてい三人で喫茶店でコーヒーくらい飲むものだけれど、成田は僕たちが帰るのを黙って見送った。

水道橋のほうへ歩いてゆきながら、村山さんは、成田の奴、ほんとに山賊みたいだったなあと言って笑った。僕は成田の怒りを隠した表情を思いうかべた。たぶん成田は一番痛いところを突かれたのではないかと思う。村山さんの笑声がなぜか不吉にひびいた。

村山さんは僕にもずけずけとものを言う人である。翻訳が下手だとか、君はヴォキャブラリーが少ないねとか痛いところをついてくる。しかし、五年以上のつきあいなので、悪意がないのはわかっている。生れも育ちも東京の下町で、率直にものを言うところに、むしろ村山さんの好意が感じられた。

村山さんが成田をからかうようなことを言ったのは、相手が僕とさして年齢のちがわない後輩とみたからだろう。思いついたことを口にしたまでで、べつに他意はなかった。僕が言われたのであれば、村山さんと二人で大笑いしただろう。

村山さんの言葉が気になったのは、成田の反応がとにかく異様だったからだ。成田は深く傷つけられたらしく見えた。ふてぶてしい顔をしているが、意外に小心で執念深いのかもしれなかった。

成田が雑誌のページを破いてわたしてくれたテキストは二週間後に翻訳ができあがった。妻を殺害して、うまく保険金をもらうのだが、その金をもって南米に飛ぼうとするところで、アリバイが崩れるという、わりに気のきいたギルフォードの短編だった。成田に原稿をわたすと、こんどはつぎの翻訳のテキストをすぐに郵送してきた。

ドナルド・ホニグという作家だったが、つまらなくはないが面白いというわけでもない短編だった。そのテキストがいま卓袱台の上にのっているのは、成田が部屋にはいってきたとき、彼にストーリーと僕の感想を話したからだ。

「奥さん、帰ってこないねえ」

成田がいかにも僕に責任があるかのように言った。もう帰ってきますよと僕は言って、ちょっと耳をすましたが、廊下に足音はしなかった。もう入口のドアを開けておかなくてもいい時期になっていた。暑さはとうに去って、南に面した開けた窓からは暗い家並が見えた。話題が変るたびに、成田は沙知の帰りがおそいのを非難がましく指摘した。話題は、僕が口をはさまないうちに変るのだった。成田がひとりで喋っていた。

「ずっと翻訳をつづけるつもり」

珍しく成田が僕に訊いた。そのつもりだと答えると、大きな口をゆがめてにやりとした。

「あなたはずっと編集をつづけるの」

僕が訊くと、成田は怒ったように、そしてとんでもないと言うように手を振った。

「僕は小説を書いてるんだよ。純文学をね。純文学しか僕は認めないんだ」

僕は耳を疑ったが、成田はたしかにそう言ったのだ。僕のまわりでそんな目標を語る人はいなかったから、驚きも大きかった。

「じゃあ、探偵小説の雑誌を編集するというのは、仮の姿というわけですか」

「そういうわけでもないけど、ものを書くんだったら、純文学だよ」

純文学ということばが成田の口から出ると、なぜか時代遅れのように聞こえた。また、田舎の文学青年が目の前にいるような気がした。僕は成田を先ほどから身勝手な男だと思っていたが、しかし、正直な男だとも思うようになった。

「僕は江戸っ子だからね」

江戸っ子だったら、純文学だよなんて恥かしくて口にできないはずだがなと思いながら、僕は成田の顔を見た。僕の考えている江戸っ子は成田のような男とはちがっていて、まず第一に、ふたことめには僕は江戸っ子だなどと言わない恥かしがり屋である。

「ただいま」

ドアを開ける音といっしょに、沙知の明るい声がして、つづいて、お邪魔しますと言うアッコの陽気な声が聞こえてきた。部屋にはいってきた二人の女は成田を見てびっくりしたらしい。あら、お客さま、と沙知は言い、あわてて畳にすわったが、アッコはぼんやりと立っていた。僕は成田に沙知とアッコを紹介した。

「奥さん、おなか空いちゃった」

初対面なのに旧知であるかのように成田はなれなれしく言った。こういうとき、沙知はあわてない。成田が招かれざる客だったからといって、僕を冷たい目で見ることもなかった。僕の客であれば歓迎してくれる。

「じゃあ、お鮨をとりましょうか」

沙知が言ったので、僕はうなずいた。もっと早く僕が気がついて、そうすればよかったのだ。ね、アッコ、いっしょに行こう、と沙知は親友を連れて、鮨屋に行った。アパートには電話がなかったのだ。大家さんの家にも電話はついていなかった。けれども、鮨屋まで五〇メートルもない。アパートを出て、左に行き、新宿通り手前の路地をすぐ左に曲ると、二、三軒目が鮨屋である。夏にゴキブリが飛んできたのは、鮨屋が近いからではないかと沙知も僕も思っていた。


「野村っていったね、奥さんの友だち」

二人の足音が遠ざかると、成田がアッコのことを訊いたので、僕はうなずいた。

「決まった人はいるんですかね」

「決まった人って」

僕はとぼけてやった。奥さん、おなか空いちゃったという言葉に僕は憤慨していたのだ。それに「野村」とアッコを呼び捨てにしたのにも腹を立てていた。僕も沙知もアッコも見くだされているようだった。

「恋人だとか婚約者だとかそんな人ですよ」

「直接にあたってみたら」

「きれいな子だ」

成田のことばはひとりごとに近かった。僕は湯を沸かしておこうと立ちあがった。成田がよくお茶を飲むのに呆れるよりも感心していた。ガスの火をつけたとき、沙知とアッコが何がおかしいのか笑いながら帰ってきた。お酒は、と沙知が小声で尋ねたので、僕はいらないとくびを振った。こんなにお茶を飲む成田に酒はいらないだろうと勝手に決めてしまったのだ。あとで本人に訊いてみたのだけれど、酒は嫌いだということだった。

沙知は台所に残り、アッコが卓袱台から座布団を少しはなしてすわった。成田はちらりとアッコのほうに目をやったが、すぐに目をそらして天井を見た。

「このアパート、新しいんだね」

成田の言うとおりで、天井板がきれいだし、畳だって新しい。新築のアパートであることは見ればわかる。アッコがそばにいて、成田は当惑しているように見えた。あの早口が出てこないのは、僕と二人きりではなくなったからだ。アッコのほうは平然と成田のほうを見ていた。

「締切までにくださいよね、原稿」

成田がとってつけたように言った。ええ、そうしますと僕もていねいに答えた。それからしばらく沈黙がつづいた。アッコが何か話せばいいのだが、そんな気はないらしい。

「僕はこういう者です」

成田は上着の内ポケットに手を入れ、名刺をとりだしてアッコに渡した。有難うとアッコは言い、名刺にちらと目をくれてからハンドバッグにしまった。

「名刺をいただけますか」

成田のおずおずとした頼みに、アッコは笑いだした。純文学を口にしていたときの威勢はどこにもなかった。彼が女性に慣れてないのがわかって僕はうれしくなっていた。そこが成田のウィークポイントなのだ。

「名刺なんか持ってません」

成田の顔をじっと見て言うアッコの顔にはまだ微笑が浮んでいた。まもなく鮨が届いて、僕たちはようやく夕食にありつけた。成田は黙々と食べて、たちまち鮨をたいらげると、沙知の淹れたお茶を飲んだ。彼のひとり暮しが目に見えるようだった。僕を翻訳屋としか見ないこの男は無意識に虚勢を張っているのだった。


風の音がして、外の寒さが思いやられた。このアパートのはるか上空を風が群をなしてわたっていくような、そんな音だった。部屋のなかは静かで、沙知は夕食のあと片づけをしていて、アッコは炬燵にはいって、台本を読んでいる。来年の三月に俳優座劇場で公演するドイツの芝居でちょっとした役をもらったらしい。沙知は端役で不満そうにしていたが、僕はそのことをよろこんでいた。そのほうが落ちついた生活ができるからだ。

炬燵の上に僕は原書と原稿用紙をおいていたが、仕事をする気にはなれなかった。土曜日の夜だった。勤めにはだいぶ慣れたが、土曜日の夜になると疲れていた。来年の三月には僕も二十九歳である。これから二十年生きるとして、どれだけ翻訳できるのだろう。自分の好きなものがたとえ一つでも翻訳できるだろうか。

アッコに名前を呼ばれて、僕は彼女に目を向けた。彼女は煙草を喫っていた。

「成田さんて変った人ねえ」

アッコにそう言われるまでもなく、僕も変った奴だと思っている。変っているといえば、僕だって変っているはずだ。僕の周囲の人たちはみんな変っている。とくに先輩の翻訳者たちがそうだ。けれども、翻訳家でもない成田のような男ははじめてである。

「成田さん、稽古場に電話をかけてきたのよ」

アッコの言うことは初耳だった。沙知は知っているのだろうか。知っていたら、僕に話してくれるはずだ。話を聞きたくて、僕はそれでと先を促した。同時に、先夜、成田が来ているところに沙知とアッコが帰ってきて、四人で鮨を食べたのを思い出していた。あのとき、小一時間ほどして、成田はアッコといっしょに帰っていった。アッコはひとりで帰りたかったようだが、成田は彼女が立ちあがると、僕のいることなど忘れたかのように彼女を追いかけていったのだ。

「成田さんと渋谷の喫茶店で会ったわ」

アッコは煙草の煙の行方を目で追いながら、物憂げに言った。成田が話があると言うので、彼女は出かけていった。僕の知り合いだから、むげに断るわけにはいかなかったそうだ。彼女は僕がどんな人間とつきあっているか知りたくもあった。

アッコがしぶしぶ喫茶店に行ってみると、成田はまだ来ていなかった。二十分もおくれてやってくると、会社に電話をかけて、その喫茶店の電話番号を知らせた。忙しくて忙しくてとアッコに言ったそうで、一瞬彼女は自分が成田を誘ったような錯覚にとらわれた。

「ここにいたときとまるで別人みたいだったわ」

アッコは言って、含み笑いをもらした。

「でも、五分とつづかなかったわね。お話があるってなんですかって訊いたら、急にもじもじしだして」

いかにも成田らしい。でも、それだけアッコに魅力があるという証拠じゃないかと僕は言った。そこへあと片づけを終えた沙知がエプロンで手を拭きながら、炬燵にやってきた。

「なんだか面白そうな話ね」

沙知の言葉にアッコが言った。

「あなたたちには内緒にしておこうかと思ったのよ。でも自衛のために話しておいたほうがいいと思いなおしたの。成田さんがあなたたちに何を言うかわからないから。あの人、二度しか会ったことがないのに、私にプロポーズしたのよ」

まあ、と沙知は驚いたが、成田ならそういう突飛なこともやりかねないだろう。僕だって沙知を知る前だったら、きれいな女に会えば、それをやりかねなかったかもしれない。幸いにも僕は沙知に会うまでプロポーズしたことはなかった。

「それでどうしたの」

炬燵のなかに冷い手を入れた沙知が訊いた。

「もちろん断ったわよ。私には婚約者がいますって」

「あら、いるの」

「いないわよ。でも、そう言えば、角がたたないでしょう。すると、成田さん、どうしたと思う。びっくりした」

「ジャックナイフ」

僕は言ってみた。成田は会社で何か気に入らないことがあると、ポケットからジャックナイフをとりだして、机に突きたてると聞いていたからだ。本人がそう言ったのだ。成田がそれをやると、編集部内では彼の無理も通るそうである。

「あたり」

アッコはジャックナイフを見て、自分の顔が青ざめていくのがわかった。成田がテーブルに突きたてたジャックナイフが揺れていた。

「それで、彼が何か言うかと思ったら、黙っているの。私が失礼しますと立ちあがりかけたとき、お店のご主人が飛んできて、警察を呼びますよって言ったの」

僕たち三人は吹きだした。しかし、僕は成田が気の毒になっていた。彼は若い女と話すことばを持ちあわせていないのだ。また、アッコのような女の前で気持を楽にすることもできない。江戸っ子でもいろんなタイプがあるのだと僕は思った。

「まるでヒトラーみたい」

アッコが言ったので、僕はうなずいてしまった。成田はふとってはいるが、小柄で強引で、自分がつねに上に立つ人間だと信じている。本人はそう思っていないかもしれないが、村山さんをまるで先輩とみなさない態度を見ても、他人をあなどっているのが見てとれる。

「リトル・ヒトラーね」

アッコがまた言った。小さなヒトラーという意味だけではあるまい。アッコのことだから、リトルに可愛らしいという意味があるのを承知して、成田をそう言ったのだろう。

「こわい人ね」

そう言って、沙知は僕のほうを見た。僕は笑ったが、やはりおっかない男だと思っていた。こういう男にはなるべく近づかないほうがいいだろう。しかし、成田の話はそれでおしまいだった。三人で欠席裁判をしているような気もして、今年の暮はどこで過すかといった話に移っていったのだった。

その後、成田は一度だけ若葉町のアパートを訪ねてきた。そのときは沙知がいて、夕食にビフテキを出した。成田はずいぶん小さなビフテキだねと言ったが、美味しそうに食べた。ふだんは二五〇グラムから三〇〇グラムのビフテキをたいらげるそうだったが、僕はそこまでは沙知に伝えていなかった。

その夜も成田はお茶のお代わりを呆れるほどなんどもした。お茶がなくなると、彼は、奥さんお茶と言いつけた。はじめは沙知もむっとした表情になったが、最後は諦めて苦笑を浮べていた。

成田がようやく帰ったあとで、沙知は言った。

「世の中には変った人がいるのねえ。劇団の人たちも変人が多いけれど、ものを書いたり、それを編集したりする人たちにも変った人が多いのねえ。成田さんという人、アッコの言うとおりだわ。私たちとはちがう世界の人ね。エリート意識が強くて野心家で」

その後、成田がアッコを悩ますことはなかった。劇団に電話をかけてきたことがあったけれど、アッコははっきりと断った。それは沙知から聞いた。

僕たちのあいだで、成田京一が話題になることはめったになくなった。僕はあいかわらず成田に翻訳を頼まれて、それをこなしていたが、個人的につきあうことはなくなった。そして、雑誌の売行が悪いのか、安い原稿料も滞りがちになると、僕に依頼してこなくなった。ただ、僕の頭のなかにはリトル・ヒトラーというアッコのことばがいつまでも残った。

若葉町のアパートには僕たちは一年と一カ月住んだ。引越すことにしたのは、沙知が妊娠したからだ。出産に便利なように、小金井に住む沙知の両親の家の近くに二間のアパートを借りた。若葉町では銭湯に行っていたように、小金井のアパートも風呂がなかった。テレビが普及しかけていたが、それもなかった。

引越しの荷物は少なかった。デコラ張りの卓袱台や洋服箪笥や冷蔵庫が大きな荷物で、本は買うのをひかえたおかげで大した量ではなかった。軽トラックが荷物を運んでいったあと、僕たちはがらんとした、広々として見える六畳間にぼんやりすわっていた。六月の微風が窓からはいってきていた。沙知のおなかはまだふくらんでいなかった。

この一年、質屋にも行かず借金もしないで、よく暮してこられたと僕は部屋のなかを見まわしながら思っていた。銀行預金が三千円ばかりあった。けれども、翻訳の仕事をしていると、貧乏といつもとなりあわせに住んでいるような気がしていた。

線路ぎわの住人

アメリカの作家が、もし作家になりたかったら、出版社に勤めるのが早道だと語っていた。編集部の使い走りにすぎなくても、また持ち込み原稿を読む係であっても、そういう仕事をつづけるうちに、見よう見まねで小説が書けるようになるということだろう。

翻訳者になるのも出版社に勤めるのが近道ではないかと思う。本職の翻訳の原稿をときどき原書にあたりながら、何十本も読めば、二、三年のうちにそれこそ見よう見まねで、商品になる翻訳ができるようになるだろう。

「翻訳も才能がないとできないんでしょう」

また鳥のレバーを炒めたのと煮魚とほうれん草のお浸しで夕食をとっているとき、妻の沙知が訊いた。そのころ、痩せていた僕は毎日のように鳥のレバーを食べさせられていた。若葉町のアパートから表通りに出る角に、鳥肉屋があって、沙知はいつのまにか懇意になっていた。

沙知の質問に僕はしばらく考えた。うまく翻訳できたときは、俺にも才能があるんだと思うけれど、才能があったら、もっと早く一人前になっていただろう。

「なに、辞書と根気があれば、できるようになるさ」

僕はそう答えて笑ったら、口のなかにレバーがはいっていたので噎《む》せてしまった。あわてて手で口をおさえた。

辞書と根気と僕が言ったとき、ひとりの翻訳者の姿が頭のなかをよぎった。ひそかに尊敬していた原田修二郎氏である。初対面のとき、先生と呼んだら、先生は顔に似合わず優しく、先生はやめてくださいと言われた。

原田さんがスーツにネクタイを締めていたのを見たことがない。よれよれとまではいかないが、着古したツイードの上着に、柄物のシャツで、度の強そうな眼鏡をかけていて、髪は薄く、ひとことでいえば、変屈な初老の男に見えた。

はじめて会ったとき、年齢はいくつかねと訊かれて、僕が二十八ですと答えると、原田さんは羨しそうに言った。

「若いねえ。僕は五十二だよ。僕の子供といってもおかしくない」

原田さんは五十二という年齢よりはるかに老けて見えた。昔からずっとおじいさんだったのではないか、失礼だけれども、そんな気がした。僕は若かったし、原田さんの服装がじじむさかったから、かなりの年寄りとみたのである。

原田さんといえば、まっさきに思いうかぶのは、喫茶店でテレビの相撲を見ていた姿である。つぎに思い出すのは、小型のコクヨの四百字詰原稿用紙に活字のような楷書体で書かれた原稿である。

相撲を見ていたときの原田さんの姿と原田さんの楷書体の訳稿とがちょっと結びつかない。前者は無我夢中の原田さんで、後者は一字一句もゆるがせにせぬ冷静沈着な原田さんである。

社屋を増築して編集部が広くなり、しかし、編集部員が少なくてがらんとしていたので、人をひとり入れようということになり、その結果僕が空いたままの机にすわることになった。小さな出版社は新しい社員をひとり採用するだけでも大変なことだが、僕が勤めることになった出版社はようやく安定し、そのときは気がつかなかったのだが、ちょうど世の中が高度成長期にはいりつつあったのである。

新入社員はだからかならずしも僕でなくてもよかった。五体健全、性質温厚、英語が少し読めるなら、誰でもよかったのだろう。僕は性質温厚だったわけではなく、何人かいた社員候補のなかから僕を選んでくれた加藤正実に頭があがらなかっただけだ。

加藤さんは僕が翻訳した探偵小説の原稿が真赤になるほど手を入れて本にしてくれた編集者である。入社した僕は当然、加藤さんの部下になったが、彼の手下は僕ひとりしかいなかった。加藤さんは僕と二つか三つしかちがわないのに、苦労したせいか老成して見えた。苦労話をなんどか聞かされている。

電話番と原稿を読むのが駆け出しの僕の仕事だった。二十八にもなって電話番とは情ない話だけれど、それを恥かしがったり恨んだりするゆとりもなかった。大学を出てから四年もたって就職したので、人より四年遅れているのをわが身に言いきかせていた。

電話機は加藤さんの机においてあり、すぐとなりに僕の机があったから、電話がかかってくると、僕が立ちあがって受話器をとり、はい、北山書店ですと言い、相手が加藤さんの名前を言えば、受話器を加藤さんにわたした。電話は加藤さんにかかってくるにきまっていたが、加藤さんは出社が十時半から十一時で、午後はいなくなるのだった。

新米の僕は緊張していたが、じつにのんびりした会社だった。緊張のあまり、僕は受話器をとったとき、はい、加藤書房ですと言ってしまって、編集部全員、といってもほかに五人しかいなかったが、失笑を買ってしまった。電話をかけてきた翻訳者もげらげら笑っていた。

入社した日から、加藤さんの指示で僕は原稿を読んだ。アガサ・クリスティーの翻訳原稿を何本読んだことだろう。金に困った詩人が下訳の原稿に手を入れないで持ちこんだのを読んだが、ときどき原文にあたってみても正確な翻訳なので読みやすかった。クリスティーは僕には退屈で、読んでいる途中でなんどか居眠りが出た。

もちろん、クリスティーばかりではなかった。クリスティアナ・ブランドとかエド・レイシーとかの原稿もあって、変化に富んでいたが、探偵小説を仕事で読むのと、愉しみで、また暇つぶしに読むのは大ちがいである。

原田修二郎訳の英国作家の小説の原稿がはいってきたのは五月のはじめごろだった。ハバナを舞台にしたスパイ小説で、英国でベストセラーになったと聞いていた。

原田さんの原稿は加藤さんから僕にまわってきた。コクヨの小型の四百字詰原稿用紙に書かれた字がまずきれいなのに驚いた。楷書体で、最後のページまで字の大きさも、字を書く力も一定して、少しの乱れもない。原稿には職人気質の訳者の張りつめた気迫がこもっているように感じられた。

原稿ではハバナはハヴァナとなっていた。"Havana"だからハヴァナとすべきである。僕は日本版の「リーダーズ・ダイジェスト」式にヴィクトリアをビクトリア、ヴァレンタインをバレンタイン、ヴォーグをボーグにしてしまうのが嫌いになっていた。ではVとBを発音してみろと言われたら、僕なんかとてもできないが、せめて書くときだけはVとBを区別したいと思っていた。

原田さんがハバナをハヴァナとしたことに僕は好感をおぼえた。加藤さんからは原書もわたされていたので、訳文とくらべてもみた。原田さんといえば翻訳の大先輩であり、訳書の何冊かを僕も読んでいた。原文と読みくらべるのは勉強のつもりだった。誤訳を探しだすなど僕にはとてもできないことである。

粗捜しをするつもりで他人の翻訳を読んだのでは、自分の翻訳の腕があがらないのを僕は経験から知っていた。むしろ、他人の翻訳のうまいところを盗むように心がけていた。原田さんの翻訳は気合がはいっていて、原文と五分にわたりあっているように感じられた。いわゆる直訳なので、これなら僕にもできそうであるが、原田さんのちがうところは、訳文がよくこなれていたことだ。訳文は原田さんが書く文字に似ていると思った。どちらも律儀なのである。

三十枚ばかり読みすすんでから、僕は原田さんてどんな人ですかととなりの席の加藤さんに訊いてみた。

「どんな人ですかって――」

加藤さんはパイプをくわえたまま、僕をじっとみつめた。ベレー帽をかぶっているのでいささか時代遅れの文学青年に見えた。僕は原田さんが加藤さんをもっと大柄にした、洒落た紳士ではないかと想像した。

「変った人だよ」

加藤さんは言って、何かを思い出したように笑った。僕はそれ以上質問しないで、原田さんの原稿にもどった。変った人だよという言葉で大体わかったのだ。原田さんもほかの翻訳者と変らないと加藤さんは言いたかったのだろう。だから、変った人なのである。

出版社にはいって、翻訳者が例外なく変った人であるのを知った。たとえば、入社して一週間ほどしたころ、僕は名古屋の大学の先生を神田駅のプラットフォームまで迎えにいった。その先生は翻訳が完成した原稿を持って上京したのだが、名古屋駅で入場券を買って、東京駅に着き、そこから迎えに来てくれと電話してきたのだった。僕は神田駅で入場券を買い、それで改札口を通ると、プラットフォームでうれしそうににこにこしている先生に入場券をわたし、先生はその入場券で、僕は定期で改札口を出た。

このように、翻訳者はみんな変っていて、それに貧乏だった。僕も貧しかったが、有難いことにそのころは貧しいなりの生活ができた。

原田さんだって貧乏な翻訳者のひとりだったにちがいない。原田さんならもっとよい原稿用紙を使うと思ったが、コクヨのそれも小型である。おそらくこの原稿用紙に原田さんは昔から馴染んでいたのだろう。もしかすると、翻訳をはじめたときから、これを使っていたのかもしれないし、そうすると戦前からということになるだろうか。

原田さんの原稿を読みおえたころ、加藤さんのもとへ原田さんから分厚い封書が届いた。その封を切らないうちに、加藤さんは、また前借かと呟いた。

あとで僕も原田さんの手紙を読ませてもらったが、加藤さんの言ったとおり、印税の前借を丁重に頼んできていた。例のコクヨの原稿用紙で五枚、前借をお願いしなければならない理由がことこまかに楷書体で書かれていた。書斎が雨漏りするので、屋根を修理しなければならぬとか、塀がこわれたのでとか、妻の病院通いで金がかかるとか、自分も一仕事終ったのでちょっと温泉にでも行ってきたいとか、そういう小さなことがらが箇条書きになっている。

原田さんが重要と思ったらしい理由には赤線が引いてあって、これには僕も笑ってしまった。書斎、雨漏りと、もう二つ、区民税の支払いとテレビを買うことに赤い傍線が引いてある。

「原田さんは商大を出て、銀行員だったんだよ」

加藤さんはにやにやしながら言った。ああ、なるほどと僕は原田さんが手紙を書いた事情がわかったような気がした。銀行に勤めていたころの几帳面なところがまだ残っているのだろう。変った人だよと言った加藤さんの言葉の意味がいっそうはっきりした。

もう初夏といってもよい五月の夕方、原田さんにはじめて会った。加藤さんが紹介してくれたのである。場所は会社の近所の喫茶店。お昼によくお茶を飲む店ではなく、椅子もテーブルも傷んだ、お汁粉もあんみつも出す喫茶店だった。

加藤さんと僕がそこへはいっていったとき、客はひとりしかいなくて、それが原田さんで、高い棚にとりつけたテレビの相撲を見上げていた。アナウンサーの興奮した声が聞えてきて、加藤さんが挨拶しても、原田さんは上の空で、椅子にふんぞりかえるような姿勢をとっていた。

テレビの画面に目をやると、力士が土俵ぎわで懸命にこらえて、からだをひねり打棄《うっちゃ》りを狙ったが、あえなく寄切られてしまった。同時に、原田さんのすわっていた椅子がうしろへ引っくりかえりそうになって、原田さんはあわてて上体を起こした。あと一秒遅かったら、椅子ごとうしろに倒れて、板張りの床に頭をぶつけていただろう。

我に返った原田さんは僕たちに笑いかけて、煙草のやにで汚れた歯を見せた。うっすらと生えた無精髭に白いものがまじっている。加藤さんが僕を紹介すると、原田さんはよろしくと言った。その声はそっけなくて、僕のことなど眼中にないらしく、早くもテレビを見上げていた。相撲を見たくて、喫茶店に早く来たらしい。

原田さんが相撲が好きだということは加藤さんから聞いていた。僕が入社する前に、中華料理屋の座敷で原田さんと僕たちの社長が相撲をとったそうである。いっしょに食事をしているうちに、二人とも酔っぱらって、相撲のことで議論になり、それでは相撲をとって決着をつけようということになったらしい。

社長も昔は学生相撲の選手だったし、場所がはじまると、午後三時には会社から抜けだして国技館に行っていた。その日も三時過ぎにはいなくなり、編集部は全員ほっとしていた。社長が熱中しているせいか、編集部は相撲には冷淡だった。僕はもともと相撲にはあまり興味がないほうである。

原田さんと社長の相撲の結果については聞きもらした。どうでもいいことだったが、以後、二人のあいだは疎遠になったようだ。だから、原田さんは印税の前借をするのに、長文の手紙を書いたのだろう。

やがて、つぎの取組みがはじまると、原田さんの上体ばかりか両手まで動きだした。目の前に二人の編集者がいるのを完全に忘れて、本人は土俵上の力士になっているのだった。それがわかったのは、相撲を二、三番見たあとである。原田さんは我を忘れて、贔屓の力士と同じ動きをしてみせるのだった。

好きな力士が叩込みで前にばったり倒れれば、原田さんもテーブルの上に前のめりになった。上体を一方にかたむけていることもあって、テレビの画面に目を走らせると、力士のほうも上体がかたむいていた。

相撲をみながら、こんなにからだを動かす人を見たのは、あとにも先にも原田さんしかいない。その姿は少年のようで、もしこれが満員の国技館だったら、まわりの人が迷惑し吃驚《びっくり》するところだろう。とても英国の小説を翻訳する人とは思われなかった。

結びの一番が終ったとき、原田さんは大きな溜息をついた。それまで話らしい話もしなかった。加藤さんも僕も面白がって原田さんを観察していたのである。

「ほんとに助かりました、加藤さん、有難う」

原田さんは言って頭を下げた。前借の件は加藤さんが社長に伝えて、すでに経理のほうから小切手を郵送していた。加藤さんはなんでも事務的にものごとをてきぱきと片づけるほうであり、社長も話のわかる人であり、加藤さんを信用していた。加藤さんはただ事務的に、よかったですねと原田さんに言った。

「会ってお礼を言いたかった」

原田さんは相撲から解放されて、礼儀正しい翻訳者にもどっていた。加藤さんは原田さんが目をそらすほどじっとみつめながら、にやにやしていた。

「ちょうど日本橋の丸善に用があったんで、神田にまわることができました。ほんとに有難う。助かった」

「ああいうお手紙をいただいては」

加藤さんはまだにやにやしていた。原田さんが子供で、加藤さんが大人に見えた。

「ああいうお手紙をいただいたのは四度目ですかね」

「五度目です」

「電話でもいいんですよ」

「それじゃ気がすまない。それに電話は苦手でね」

「お手紙は大事にとってありますよ」

原田さんは顔をゆがめて手を振った。

「あんなものは捨ててください。加藤さんも意地が悪い」

「冗談ですよ」

「ところで、もう一つ用事があったんです。こんどの翻訳ですね、僕はハヴァナと書いたんですが、あれはスペイン語だから、ハバナでいいんですね」

「そうか」

加藤さんは言って、僕のほうを見た。

「ゲラでなおせばいいね」

はいと僕は答えた。原田さんの原稿はもう十日前に印刷所に入れたので、そろそろゲラが出てくるはずである。

「こんなことも知らなかったなんて恥かしいですよ」

「イギリス人やアメリカ人にとっては、ハヴァナでしょう。英和辞典の発音記号ではそうなってますね」

いつのまにか加藤さんは辞書を引いていた。簡単な単語ほど辞書を引かなくてはとかねがね言っていたのを実行しているのだ。意味さえわかればいいと思っている僕とは大ちがいである。僕は辞書を読んで楽しむという境地にまだ達していなかった。

「それからもう一つ、ハバナの警察のことなんですがね、キャプテンを僕は署長と訳したんだが、どうも怪しい。軍とも関係があるんで、署長じゃなく、大尉じゃないかという気もするんです」

「それもゲラで――」

加藤さんが言いかけると、原田さんがさえぎった。

「原著者に問合わせてくれませんか。なんなら電報で。費用は僕がもちますから」

「エイジェントに聞いてみますよ」

原著者に問合わせるなんて思いもよらないことだ。加藤さんはそれで、翻訳権を売る仲介にたったエイジェント——代理人である——に相談してみることにしたのだろう。僕は出版社にはいって、翻訳出版という小さな小さな世界を知りはじめていた。

月になんどか海外著作権代理店と称するエイジェントから英米の新刊が送られてくる。そのうちの何点かについてエイジェントを通じて翻訳権を申込む。北山書店の出版はもっぱら探偵小説が中心だから、それまで翻訳出版してきた作家の新刊の翻訳権をエイジェントを通して買っていた。

英米の作家にはエイジェントがついていて、東京のエイジェントは手紙に条件を書いて向うのエイジェントに翻訳権を申込む。それで話がまとまると、契約書が送られてきて、社長が署名し、契約金を支払う。印税前払金というやつで、英米の作家は印税が前払いされることを僕ははじめて知った。

その前払金というのは北山書店の場合、百二十五ドルときまっていた。一ドルが三六〇円だから四万五千円で、僕の給料の三倍である。加藤さんの月給はわからないけれど、約二倍だろうか。子供が二人いる加藤さんも新婚の僕も給料だけでは食ってゆけないので、家に帰ると翻訳をして稼いでいた。原田さんと別れて会社にもどるとき、加藤さんは僕に言った。

「みんな貧乏なんだなあ。原田さんだって貧乏だから、僕みたいな若僧にまで頭を下げなくてはならない」

僕は黙っていた。貧乏ではあるけれど、沙知と二人でなんとか暮してゆけるのをひそかによろこんでいた。若葉町のアパートは六畳一間だが、そこでは誰にも干渉されないですむ。その夜、アパートに帰ると、沙知に今夜も鳥のレバーよと言われて、僕はその料理をよろこんで食べた。


原田さんの翻訳は七月に本になった。原田さんが心配していた「署長」は、ぎりぎりのところで原著者のエイジェントから、キューバの警察は軍隊だから、「大尉」であるとの電報が届いて訂正することができた。この問合わせの費用は、加藤さんが会社の経理との交渉に努力したかいもなく、結局訳者の負担になってしまった。

できあがった本は僕が原田さんのお宅に届けた。原田さんの家を訪ねるのがはじめてだったので、加藤さんが目白駅からお宅までの略図を書いてくれた。

梅雨が明けて暑い午後だった。原田さんの家は池袋の百貨店が見える、山手線の線路から少し引っこんだところにあって、電車の音がした。古い平屋で、板塀も修理した形跡がなくて傾いていた。

三十五、六という感じの小柄な女性が戸を開けて迎えてくれた。あなた、と玄関の板の間の向うで、浴衣の袖をまくりあげて団扇であおいでいる原田さんに声をかけたので、このひとが奥さんだとすぐにわかった。
「どうぞどうぞ」

胡座をかいて毛脛を出した原田さんがものうげに言って、目の前の長火鉢の灰に吸いかけの煙草をさした。そこには灰皿がわりか吸殻が何本も立っている。僕は長火鉢の横の卓袱台の前にすわった。畳の色が変っていて、座布団にかけたカバーの白さがいやに目についた。

原田さんは、僕が風呂敷包みを解いて取りだしたB6判の本を捧げもつようにして、じっと見た。いいねえと呟き、それから僕のほうに目を向けてにやりとした。

「どうも有難う。苦労したかいがあった」

言われて、僕は頭を下げた。

「でも、お金はもらっちゃってるからねえ」

印税をあらかた前借しているので、あとの楽しみのほとんどないのが残念そうだった。おそらく前にもらったお金も遣ってしまったのだろう。僕は神妙な顔をして、何も言わなかった。年齢がちがいすぎて畏縮していたようだ。

原田さんの翻訳は学生のころから読んでいた。ハメットの一冊は原田訳だったし、安心して翻訳の読める人だと思ってきた。原田さんの生原稿に目を通すことができて、敬意をおぼえるようになった。

しかし、目の前にいる人は風采があがらず、ハバナや大尉のことで悩んだようにはとても思われなかった。線路ぎわのあばら屋といってもよい家のご隠居である。

奥さんが冷たい麦茶のコップを卓袱台においた。派手な花柄のワンピースを着ていて、原田さんの娘みたいである。原田さんは目を細めて奥さんを見た。奥さんはどうぞと言ったきりで台所にひっこんでしまった。僕が麦茶のコップに手をやると、原田さんが言った。

「あなたも翻訳してるんですって？」

「はあ」

「物好きだねえ。貧乏暇なしだよ。好きなの、翻訳が？」

「ええ」

「それならしようがないな。僕はなまじ英語ができたばかりに、内職で翻訳をやっていたら、そっちのほうが楽なんで、銀行員を辞めてしまった」

後悔しましたかという質問が僕の口から自然に出た。原田さんは煙草に火をつけて煙を吐きだした。

「そもそも銀行員の生活が僕には向かなかったのさ。こんな性格だから、出世もおぼつかなかった」

どんな性格なのかと尋ねるわけにはいかなかったが、想像はついた。鬱屈していて、気弱で、人間嫌いで、翻訳という職業に人の褌で相撲をとっているような疚《やま》しさをいつも抱いている。こういうのは僕の性格でもあるようで、原田さんとは同類なのだ。

「翻訳小説なんて読者が少ないからね。探偵小説なんか初刷五千部でしょ。うちの家内なんて読まないよ。片かながまじってると読みにくいんだって」

　麦茶を飲むと、僕は失礼することにした。原田さんは煙草をまた長火鉢につっこむと、団扇をつかった。窓を開けていても、この茶の間は外よりも暑くて、僕は汗が背中をつたって流れおちるのを感じていた。扇風機が戸棚の上にあるのだが、故障でもしているのか止まっている。

　またいらっしゃいという原田さんの声に送られて、僕は目白駅に向った。外のほうが涼しかった。線路ぎわの小道を歩いていくと、池袋に向う山手線の電車がやってきた。道が揺れるようで、僕は立ちどまって、電車を見送った。

　原田さんの若い奥さんのことが気になっていた。他人の奥さんなのだから、どうでもいいことだったけれど、ワンピースが派手なのに、受けた印象が暗かった。原田さんはそれに気がつかないのか、僕が見ても、やにさがった表情を浮べていたが、奥さんのほうはなにやら暗い不満を内に秘めているようだった。

　会社にもどるとまもなく加藤さんも帰ってきて、どうだったと訊いてきた。僕は訳書を五冊届けたことを報告し、奥さんが若いのでびっくりしましたと言った。加藤さんはにやりとして、原田さんが二年ほど前に奥さんをなくして、再婚したことを話してくれた。もとは水商売のひとだったらしいよと言ったので、水商売ならもっと愛想がよくてもいいのじゃないかと思った。

本が出て、原田さんとはつきあいがなくなった。原田さんがまた翻訳をすれば、またつきあいがはじまる。翻訳者と編集者との関係がそういうものである。

ある日曜日の朝、新聞を見ていた沙知が、原田さんの名前が出ていると言った。某社が秋からはじめる世界文学全集の大きな広告に原田さんの名前が翻訳者の一人としてあったのだ。原田さんは第二回配本の『ジェーン・エア』の訳者になっている。部数はどれくらいだろうとまず僕は思った。原田さんなら世界文学全集の翻訳者のメンバーにはいってもおかしくはない。なにしろ実績はあるのだ。

原田さんの噂を加藤さんから聞いたのは、それから一週間ばかりたってからである。それはいかにも原田さんらしい噂だった。

「こんどはスケールがでっかいよ」

昼休みに加藤さんは神田駅前の喫茶店で僕に言った。原田さんは世界文学全集の一冊を翻訳することになると、さっそく某社の編集者に前借を申込んだ。

「二百万円だよ」

加藤さんは強調した。ふだんは冷静なのにいささか興奮している。もっとも、二百万円だったら、誰だって興奮するだろう。沙知と僕は月三万円たらずで暮している。あと百万円足せば、東京郊外に小さな家を買えるかもしれない。

某社の編集者は断ったそうだ。世界文学全集の刊行開始は十月だし、金額が大きすぎるというのが主な理由だった。すると、原田さんは諦めることなく、某社の取引銀行を訪れて、前借を申込んだ。元銀行員だから、そのへんの事情を知っている。

銀行側はもし某社の編集者が保証してくれれば融資しようと譲歩したという。原田さんは銀行との交渉の結果を編集者に伝えた。こうなると、編集者は保証人にならざるをえない。原田さんは利息つきだが、まんまと二百万円を手にすることができた。

「その金で家を建てかえると原田さんは言ったんだがね」

加藤さんは意味ありげに、気をもたせるように言った。加藤さんもそういうゴシップは好きなほうだし、僕も嫌いではない。平和で単調な生活を送っていると、常識から外れた他人の私事に興味を抱く。

「原田さんはまずダブルベッドを買った」

加藤さんの言葉に僕は吹きだした。加藤さんも笑っていた。原田さんとダブルベッドはどうしても結びつかない。いま、昭和三十四年の夏、東京でダブルベッドなんかに寝ている人は少ないだろう。

それからね、と加藤さんは笑いを噛み殺して、話をつづけた。

「奥さんと二人で日本全国の温泉をまわった。北海道から九州までね。ダブルベッドを買ったから、二百万円にちょっと欠ける現金を持って。それで、目白の家に帰ったときは、そのお金がほとんど消えていた」

そこで僕たちは大声をあげて笑った。いつまでも笑っていたので、まわりの人たちが僕たちのほうをうるさそうに見たほどである。

この話、誰から聞いたんですかと僕が尋ねると、加藤さんは某社の編集者の名前をあげた。編集者が原田さんの家を訪ねたら、親子ほども年齢のちがう夫妻はダブルベッドの縁にしょんぼりすわって、お金を全部遣ってしまったことを打明けたそうだ。加藤さんは話しおわると、溜息まじりで言った。

「羨しい話だね」

羨しいですねと僕も言った。

「原田さんの気持、わからなくはないね」

「わかります」

僕の声には力がこもっていた。

「持ちつけない金を持つと、博奕なんかですってしまうんだけど、原田さんはまず奥さんをよろこばせたかったんだろうなあ」

書店で世界文学全集の広告の貼紙を見かけるころ、沙知と僕は銀座を歩いていた。土曜日の夕方に近いころで、僕たちは銀座で落ちあい、どこかで夕食をとるつもりでいた。女優の卵でもある沙知はその日珍しく稽古がなくて、劇団に行かなくてもよかったのだ。ただ、まもなく子供の芝居で一ヵ月以上も東北地方を巡業することになっていた。

和光の前で原田さんを見かけた。奥さんといっしょである。奥さんは買物をしたらしく、大きな袋を手に持っていた。あれが原田夫妻だよと僕はうしろから指さして、沙知に教えた。

「あれが?」

沙知はがっかりしたように言った。僕が話した原田さんと、いま俯《うつむ》きかげんに歩いてゆく原田さんとだいぶ距《へだた》りがあったらしい。奥さんの足どりは軽かった。

「原田さん、なんだか世をはばかっているみたい」

沙知が言ったとき、原田夫妻は四丁目の交差点をわたって人混みに消えた。僕は妻の言ったことが当っているような気がした。

四月の雨

西町で厩橋《うまやばし》行の都電から降りたとき、この界隈のちょっとさびれたようすが残っていて、それが嬉しかった。停留所の前のとんかつ屋も五年前と変っていない。店構えがいくらか煤《すす》けて古くなっているが、僕には懐しかった。学生時代にこのとんかつ屋でときどき三百円の定食を食べていたのだ。

松平重信のアパートはすぐにわかった。下谷竹町に二年ばかり住んでいたからで、少しも道に迷わないですんだ。松平さんのアパートに向いながら、学生のころにもどったような気分になっていた。僕は台東区竹町十八番地の倉庫から39番の早稲田行に乗って、大学に通っていたのだ。

倉庫といっても、六畳と三畳の二部屋があって、僕はそこに住んでいた。たぶん、そこでは倉庫番が寝起きしていたのだろう。倉庫というからには、何か品物が積んであったりしなければいけないのだが、二十畳ほどの板の間には、いっしょに住んでいた音楽大学に行っている兄のコントラバスがおいてあるだけだった。兄は十二月にはいると、第九の第四楽章のはじまりを奏いてみせた。

倉庫と道をへだてたところはパチンコ屋で、玉の音がうるさかったし、夜の九時になると、かならず蛍の光が聞こえてきた。まだ沙知を知らなかった僕はガールフレンドが一人もいなくて、その蛍の光を聴くたびに、一生独身で終るのではないかと不安になった。そういう情ない思い出のある倉庫から遠くない、二階建のアパートの小ぎれいな部屋で、松平さんは研究社の大英和辞典第四版を机の上においていた。小ぎれいな部屋だと思ったのは、その坐り机のほかに三段か四段の本棚と小さな戸棚とアラジンの石油ストーブしかなかったからかもしれない。

生れながらの翻訳者ではないかとひそかに敬服していた人が三人いて、その一人が松平重信だった。はじめて会ったとき、すでにして大家の風格があって、五つか六つ年上ではないかと思ったが、昭和八年生れだと知って驚いた。僕より二つ若いのだった。大家に見えたのは、おそらく気むずかしそうな顔のせいだろう。顔が大きくて、目が細く、唇の色が薄くて、眉もあるかないかだし、まだ二十代なのに髪も全体に薄くなりかけていて、のっぺらぼうに見えた。けれども、只者ではないと相手に威圧感をあたえる凄味があった。

生れながらの翻訳者だと僕が思った、ほかの二人は松平さんにくらべると、大学を出たばかりの若僧だったから、凄味も風格もなかったが、翻訳のうまさという点では、ひけをとらなかった。それに、二人は松平さんとちがい、仕事が遅いので、かなり損をしていた。

変っているということでは、その二人は松平さんに似ていたかもしれない。三人とも僻《ひが》み根性が強くて、すぐに喧嘩腰になるのだった。もっとも、僻み根性については、僕だって大きなことは言えないだろう。

二人のうち、Aは原稿督促の電話に出たくなくて、電話機を押入にしまいこんでいた。これは本人から聞いたのだから間違いない。この話をしてくれたとき、Aは世にも情なさそうな顔をした。Aの好きな女性がなんども電話をかけてきたのに、居留守をつかっているものだから、彼女が怒って、それっきりになったという副産物まであったのだ。

Bの場合は、原稿をわたすと確約しながら、よくすっぽかした。ある日、編集者がBから原稿を受けとるつもりで、冷房のきいた喫茶店で二時間も待った。結局、Bは現われず、編集者は風邪をひいてしまった。この話は、風邪がなおった編集者から聞いた。

うまい翻訳者にかぎって、仕事が遅い。そうではあるが、翻訳がうまいと、ほかの欠点を編集者は忘れてしまう。僕も小さな出版社の駆け出しの編集者だったから、松平重信他二名の翻訳者に好意を抱いていた。ただ、松平さんはきちんと約束どおりに原稿をわたしてくれた。しかも、その原稿は字がきれいで、読みやすいときている。一度も迷ったりすることなく、すらすらと訳しているように思われた。

松平さんのアパートを訪ねたとき、机の上には大英和辞典のほかに、原書と原稿用紙とゼブラのボールペンがのっていた。ボールペンだと、つい力を入れて書いてしまうのだけれど、松平さんがボールペンで書く字には力がはいっていなかった。それで、いかにも楽々と翻訳しているようにいっそう見えた。

石油ストーブの火で部屋は暖かいのだが、なぜか寒々としていて、まるで独身者の住まいだった。机だって本棚だって、当座に必要なものを古道具屋からあわてて買ってきたようである。それらは真新しい石油ストーブとちぐはぐな感じがした。真新しい座布団にすわった僕は好奇の目で松平さんの顔をうかがった。

「家を出ちゃったんだよ」

松平さんはぼそりと言ってから、苦笑とも照れ笑いともつかぬ笑みを浮べ、細い目をいっそう細くした。そうすると、のっぺらぼうの顔が意外に可愛らしくなるのだった。

「出ちゃったって、どうして――」

出来あがったというアガサ・クリスティーの訳稿をもらうのも忘れて、松平さんに尋ねていた。まず原稿をいただいてから訊くべきだったが、松平さんの座布団の横に堆く積んだ原稿があったので、それはいつでももらえるという安心感があった。それに、松平さんのほうも誰かに打明けたいと思っていたにちがいない。

翻訳者ほど口をきかない職業はほかにないだろうと僕自身の経験から思ってきた。大学を出て下訳生活をつづけていたころ、僕は一週間も十日も黙っていたことがある。外で食事をするとき、たとえば蕎麦屋で肉なんばんと注文するときとか、煙草屋でピースと言うときとかしか声を出さなかった。

松平さんもクリスティーを翻訳していた二月か三月のあいだ、ほとんど外出することもなく、奥さんと口をきくだけで、ほかの誰ともつきあわなかったに相違ない。翻訳者に一番必要なのは集中力だが、松平さんはそれを人並すぐれて持っている。翻訳しているときは雑音や雑念と無縁だろう。

「我慢にも限界があるからね」

松平さんは答えた。すると、奥さんに愛想をつかして、浜田山の家を出てしまったのか。結婚して一年たつかたたないのに別れるなんて早すぎる。会ったことはないが、松平夫人は翻訳者ふぜいには勿体ないような美人だと聞いていた。夫人に会ったある翻訳者は、エリザベス・テイラーの口を小さくしたような美女だよと言っていた。口が小さいのが欠点なのかどうか、僕は拝顔の栄に浴していなかったので、一度会って確かめてみたいと願っていた。

そんな美女から逃げだすなんて、松平さんも、やるものだ。失礼だけれど、松平さんが追い出されたというのなら、話はわかる。松平重信という名前は由緒ありげで名門の出に思われるが、これは、ペンネームなので、僕が沙知の両親に言われたように、松平さんにしてもどこの馬の骨かわからない。松平夫人の祖母はむかし学習院の先生だったそうである。

翻訳がいくらうまいといっても、翻訳家の収入なんて高が知れていた。翻訳探偵小説の部数はせいぜい五千部、定価が二百円から三百円、かりに真中をとって二百五十円、印税八パーセントとして、訳者の手にはいるのは一部二十円、それに部数を掛けると十万円、一割五分の源泉徴収税を引けば、手取り八万五千円、これを僕が勤めていた出版社は、発売三ヵ月後から月一万二千円の分割払いをしていた。

松平さんは年に三冊ないし四冊翻訳していたから、年収三十万円から四十万円。生活は楽ではない。ちなみに僕の給料は一万五千円たらずで、ボーナスを加えても、年収二十五万円に達しなかった。アルバイトに翻訳をして、足りない分を稼いでいたのである。

収入は少ないが、松平さんのような翻訳者や、僕のような新米編集者でも少なからぬ自由を楽しんでいた。貧乏だけれども、自由があるから満足していたのだと思う。

松平さんが家を飛び出したと言っても、強がりを言っているようには聞こえなかった。ただ、松平夫人のほうが家出をしたとしても、収入や人柄を考えれば、不思議ではないと思っていた。僕も仕事だから松平さんとつきあっていたのだ。上司の加藤さんは松平さんについて言ったことがある。松平は仕事ができるから、俺もつきあうが、正直のところ、いっしょに飲むのは厭だね。酒癖が悪いし横柄で、喫茶店でお茶を飲むのも願い下げにしたい。でも、そういう奴にかぎって、翻訳がうまくて、だから、こっちも頭を下げざるをえない。

　また、加藤さんは、松平の翻訳はうまいと思うけれど、実は読みやすいだけのことじゃないのかなあ、とも言った。ただ、読みやすく翻訳するというのが難しいところだがね。

ベレー帽をかぶる永遠の文学青年風の加藤さんが特定の翻訳者とつきあいたくないと僕に洩らしたのは、あとにも先にもこの一回きりである。寛大な加藤さんにして松平重信に対して腹にすえかねることがあったのだろう。

　そもそも松平さんの翻訳者の才能をはじめに見抜いたのは加藤さんである。その加藤さんがぼやいたのだから、松平さんがいかにも厭な奴に思われた。しかし、厭な奴にかぎってふてぶてしく生きのびるんだよ、と加藤さんは僕の顔を見て言うのだった。


「我慢にも限界があるからね」

　松平さんは同じことを言った。自分に言いきかせるひとりごとのようだったので、僕は興味しんしんという表情で彼の顔をうかがっていた。僕も他人の私事に首を突っこむ、厭な奴なのである。ふだんは臆病なくせに、こういうことになると、人ごみをかきわけてまで覗きこみたがる癖がある。

　松平さんは僕の注意をそらそうとしたのか、机の引出しからピースの箱をとりだし、銀色のロンソンのライターで火をつけようとした。なかなか着火しないので、また机の引出しを開け、オイルを出し、なれた手つきでライターの底のネジを扱いオイルを注入した。シュッという音とともに、やわらかい焰が出て、松平さんは煙草を近づけた。

「女房だけならよかったんだが、……計算外のことってあるんだな」

松平さんは言い、天井を見上げて、ピースの煙を吐いた。僕もポケットから新生を出し、ずっしりと重いライターを借りて、今日はじめての一本に火をつけた。ライターをすぐに返さずに、手のなかでその感触を楽しんだ。

「アメ横で女房が買ってくれたんだ」

松平さんはライターの贈主を教えてくれた。僕はもう一度ライターの火をつけてみてから、彼に返した。翻訳者たちのあいだでもロンソンのライターを持つのが流行りはじめていた。

「女房のおふくろが居すわっちゃってね。これがでかい顔をしてる。女ってのは――」

松平さんは煙草の煙をまた天井に向って吐いた。家に妻の母親がいると、亭主にとってどれだけおもしろくないものなのか、その経験のない僕にはわからなかった。

「いちいち腹が立ってね。それに、なんでも自分が正しいと思ってる」

僕は黙って聞いた。沈んだ声で話す、厭な奴は被害者に変っていた。

「なんでも自分が一番正しいと信じこんでいるのって、あれはクリスチャンの特徴かね。

そう言ってはクリスチャンに失礼だな」

奥さんが気の毒じゃないですか、と僕は言ってみた。エリザベス・テイラーに似ているのなら、なお気の毒である。

「具体的にはどういう事情ですか」

ごく初歩的な質問をしてしまった。愚問であるが、相手はそう思わなかったようで、つぎつぎと気に入らない事実を列挙しはじめた。その一つひとつが第三者から見れば、愚にもつかぬことである。

松平さんは風呂のガスの火のつけ方を知らなかったので、区役所に勤める奥さんを送り出したあと、久しぶりに朝風呂にはいって頭を洗い髭を剃るつもりで、母親にガスの火のつけ方を教えてもらおうとした。集中力のすごい松平さんはその一週間ばかり仕事に熱中して、風呂にもはいらなかったのだ。

母親はフフンと笑って、こうするんですよと娘の婿に教えてくれた。松平さんは優しい親切な母だと思って感謝した。

「そのあとがよくなかった。彼女は俺にこう言ったんだよ。『こんなことも知らないんですか』って。軽蔑しきった口調だった。それで、フフンと笑った意味がわかってね」

松平さんはそう言うと、思い出すだけでも腹が立つかのように、灰皿で力を込めて煙草の火をもみ消した。松平さんの話では、奥さんの母親が住みつくようになって、それが一週間目ぐらいのことだったという。

「底意地の悪い女って世の中にいるのが、はじめてわかったよ。声がまた冷くてそっけない。僕は性善説を信じていたんだがね」

松平さんは溜息をつき、また煙草を口にくわえた。顔が少し赤くなっている。僕は笑いをこらえていた。松平さんが性善説を信じていたとはじつに意外である。

「女房のおふくろは、女房よりきれいなんだよ。丸顔でね、五十を過ぎてるが、四十代にしか見えない。いつも化粧しててね、知らない人が見たら、女房と姉妹だと思うだろう」

奥さんは美しい方だと聞いてますよ、と僕の口からすんなり出た。松平さんはうなずいてみせたが、いかにも無念そうなうなずき方だった。

「女房は俺じゃなくて母親に味方するんだからね」

「で、杉並のお宅を飛び出したというわけですか」

「まあ、ほかにも理由はいろいろとあるんだ。だから、いまはさばさばしている」

杉並の松平さんの家には僕も二、三度行っている。陽のあたらない平屋で、松平さんは日中から電灯をつけていた。それでも、彼が陰気な顔をして、一人でいると、三間か四間の家全体が薄暗く陰気に見えた。そのかわり、家賃が安いそうだった。

「別れるんですか」

僕は好奇心を抑えきれずに訊いた。

「だって、しょうがないでしょう。あなただったらどうしますか」

そう言われても答えようがない。沙知と僕は結婚して、はじめての冬を迎えていた。若葉町のアパートには風呂がなかったので、銭湯に二人で行っていた。僕のほうが出るのが早かったので、外で沙知を待っていると湯冷めするのだった。もちろん、僕は松平さんと同じくガス風呂の火のつけ方を知らなかった。しかし、松平さんに同情する気にはなれないでいた。

松平さんには他人の同情を誘うというところがなかった。話を聞いていると、奥さんや彼女のお母さんに同情したくなる。こういう男といっしょになって、奥さんも大変ですねとか、娘さんがこういう男と結婚して、お母さんも大変ですなとかと娘と母親に慰めの言葉をかけてやりたくなる。

松平さんがいろいろと話してくれたなかで、つぎのようなこともあった。家のなかが暗いので、松平さんが電灯をつけておくと、母親が勝手に電気を消してしまう。これにも松平さんは我慢がならなかった。母親は電気代がもったいないと言うのだけれど、電気代を払うのは松平さんである。家は松平さんのものである。

「そうしたら、あのばばあ、なんて言ったと思う」

そう言って、松平さんは僕を当の母親であるかのように睨んだ。目が細くなって、じつに厭な目つきである。松平さんの母親がどれだけ底意地が悪いのか、知る由もないけれど、松平さんの目つきから判断すると、この人も相当に底意地が悪そうである。ばばあ、が憎々しげにひびいた。松平さんは話をつづけた。

「娘の弓子も働いてます、ときた。あなたたちは共稼ぎでしょう、とにこにこしながら言う。明らかに僕をみくびっている」

しかし、昼間から各部屋の電灯をつけるというのはもったいない話だ。僕だって自分の部屋の電気しかつけないだろう。

「知らない人はそう言うさ。あの杉並の浜田山の家に住んでごらんなさいよ。電気をつけなかったら、気が滅入ってくる。夜なら暗くてもいいよ。昼間っから暗いんだから」

「一体どうしていっしょに住むことになったんですか」

これだけは聞いておかなければなるまい。松平さんは順序だてて話しているわけではなかった。翻訳者の例にもれず話下手なのである。人と話をすることに慣れてないし、相手の反応をさほど気にすることもない。

「もちろん、女房が呼んだのさ。炊事洗濯が負担になってきて、後家さんのおふくろに来てもらった」

「じゃあ、女中がわりですか」

「女中がわりならいいよ。女中は威張ったりしないからね。主人の言うことを聞いてくれる。ところが、あのばあさんはなんでも自分が正しいと思ってるから、僕の言うことなど聞きやしない。まいったよ」

　松平さんは煙草を忙しく喫って、灰皿でもみ消した。僕はすでに一本喫ってしまって、もう一本に火をつけたかったけれど、そこは我慢した。人と会っているときぐらいは禁煙していたいのだ。

　どうして奥さんは松平さんの味方をしないんですか、と僕は訊いた。松平さんはかなしげに首をふった。

「自分が呼んだのだから、自分が邪険にするわけにいかないじゃないか。洗濯だってやってくれるし、朝と夜の食事も用意してもらえる。そして、自分は区役所でのんびりやっている。おふくろもそういうことを知っているから、よけい威張って、主《ぬし》みたいになってる」

　昼間は松平さんは母親といっしょにいた。しかし、昼近くになると、散歩と称して外出し、外で昼食をとっていた。

「ばあさんは自分ではうまいと思ってるんだけど、料理が下手くそでね。おふくろの味なんて、彼女の場合、嘘だね。おかげで僕はこの半年のあいだに、体重が二、三キロ減ったよ。ニラとかニンニクとかが大好きなんだ、あのばばあ。それで、なんでも炒めちゃう」

「ニラやニンニクは嫌いですか」

「とくにニラが嫌いだ。あの、ざらっとした歯ざわりが厭なんだ。子供のときはニラ玉なんてよく食べたんだが、学生のころ、ニラレバ炒めを食いすぎたせいかな、だんだん嫌いになった。いまはばあさんのせいで大嫌いだね、なんだかね、貧しい気がするんだよ」

「栄養があって、身体にはいいんですよ」

言ってはみたけれど、僕もニラは嫌いである。沙知はアパートの近所の鳥肉屋からレバーをよく買ってきて、炒めて僕に食べさせるのだが、はじめのうちはニラを入れていた。ニラだけをなんどか残すうちに、沙知はニラのかわりに、玉ねぎを入れるようになった。玉ねぎは僕は大好きなのだ。

「ばあさんも弓子も、ニラは身体にいいって言ったよ」

松平さんは口惜しそうに言った。

「まあ、そんなこんなで、出てきちゃった。食いものってのは大きいよ。三度三度の食事がまずくては、これはもうわが家じゃないもんな」

クリスティーの訳稿をもらって辞去するとき、松平さんは胸にたまったものを順不同に吐きだして、いくらか気がはれたようだった。帰りはまた西町から都電に乗ってもよかったが、二月の冷たい風が吹くなかを御徒町まで歩いていった。

会社にもどる前に、腹が空いていたので、神田駅前の薄暗い中華料理店を覗いた。黒いベレー帽が店の奥のほうに見えて、加藤さんがニラレバ炒めをまずそうに食べていた。

クリスティーの松平重信訳は四月に出た。翻訳ができあがって、それが本になるまでに約一ヵ月半かかる。松平さんの翻訳ならもっと早く発売になる。なにしろ字がきれいだし、編集者が訳文の疑問点を指摘する必要もなく、初校のゲラに手がはいることもなかったのだ。

桜が散りはじめた、あたたかい雨の降る土曜日の昼近く、僕は製本所から届いた松平訳クリスティーの見本五部を持って、下谷竹町のアパートをふた月ぶりに訪れた。

松平さんの部屋にはもうアラジンの石油ストーブは姿を消していて、かわりに鏡台が部屋のすみにおかれていた。鏡台一つで部屋のなかが気のせいか艶めかしくなっていた。

松平さんは自分が翻訳した本のページをぱらぱらとめくり、それから表紙を見て、いいねと言い、ゼブラのボールペンで本の扉に署名して、僕にくれた。

「こいつは僕にとって忘れられない一冊になるだろうな」

松平さんは題名のほうに目をやって言った。あれからどんなことがあったのか、僕は何も知らないでいた。つぎに翻訳する作品のテキストを松平さんにわたした加藤さんも知らないようだった。おそらく翻訳者の私事に関心がなかったのだろう。

その後いかがですかと僕は好奇心から尋ねてみた。用もすんで、あとは帰るばかりだったが、それではこれで失礼しますと言いだしかねていたのだ。こういうとき、引きとめてくれる人なら有難いけれど、あいにく松平さんはそういう人ではない。といって、ではお引きとりくださいと言う人でもなく、ときどき僕のほうを見ながら、煙草をふかしていた。

「変なことになっちゃってね」

僕の質問に松平さんは俯《うつむ》いて答えた。

「女房が押しかけてきたんだよ」

「よかったじゃないですか」

思わず僕は言ってしまった。

「ご夫婦なのだから、いっしょにいないとおかしいですよ」

ばかなことを口走ったが、松平さんは大きくうなずいた。

「で、お母さんのほうは？」

「まだ浜田山の家に頑張ってるよ」

「そうですか」

僕は意味もなく言った。

「女房は浜田山とここを行ったり来たりでね」

大変ですねと僕は同情した。

「なに、井の頭線で渋谷に出て、地下鉄で上野広小路まで来れば、都電に乗らなくても十四、五分でここに着く」

「でも、お勤めがあれば――」

「区役所を辞めたよ。子供が九月に生れるんでね」

「なお大変じゃないですか」

「まだ二十六だからね。女房と僕は同じ年齢なんですよ。大学で同じクラスでね」

若くて羨しい、と僕は言った。三月で二十九歳になった僕は中年になったような気がしていたのだ。そのくせ、中年については何も知らなかった。それに、松平さんのほうが自分よりはるかに大人に見えた。

「ちょうどお昼だ。クリスティーの編集でお世話になったお礼に、とんかつでもご馳走させてください。西町に旨いとんかつ屋を見つけた」

「停留所の前でしょう」

「なんだ、知ってるの」

僕はこの近くに住んでいたことを打明けて、だから竹町が懐しいのだと言った。すると、松平さんは、倉庫の前のパチンコ屋にときどき行くんだよと笑顔を見せた。

「あそこは顔のひらべったい娘《こ》が多いね。玉が出ないで、呼ぶと、台の上から顔を出すのが、きまってひらべったい顔をしている」

松平さんも僕も笑った。松平さんの言うとおり、僕がそのパチンコ屋に通っていたころも、パチンコ台の玉がなくなって、その玉を補充する娘たちは、顔が大きくてひらべったいのが多かった。あれから五年ほどたったいまも、それが変っていないのだ。

たぶん、それは、パチンコ屋に勤めるのは東北出身の娘が多いからではないかと僕は説明した。とくに福島県出身。僕の両親が福島県の片田舎の出だから、よくわかるのだと言った。僕はパチンコをしながら、彼女たちの顔を見て憎らしくもあり懐しくもあった。自分も女の子に生れていたら、案外パチンコ屋に勤めていて、おおい、玉がないよなどと客に言われたら、ふてくされた顔を台の上から出して、客を睨みつけていたかもしれない。

松平さんと僕はアパートを出て、西町のほうへぶらぶらと歩いていった。松平さんは厚手のシャツにカーディガンを着て、黒い傘をさしている。もう寒くはなかった。気持のいい小雨だったから、傘なんか本当はいらなかった。

神社の桜の木から花びらが降っていた。人通りは少なくて、車も通っていなかった。僕はとなりを歩いている翻訳者になぜか親近感をおぼえはじめていた。僕とそんなに変らない男だとわかりはじめていた。ただ、ちがうのは、僕よりちょっと翻訳がうまいということだけ。

少し前から僕は数メートル先を歩いている、ハイヒールをはいた女に気がついていた。黒い傘をさしていて、その傘には淡いピンクの花ビラがいくつもついている。スカートから伸びた脚の形がいい。ハイヒールが脚を細く見せていた。

「弓子」

松平さんが声をかけた。ああ、そうだったのかと僕は気がついた。女がふりかえった。

松平弓子は夫と対照的な顔の持主だった。目鼻だちが大きくて表情豊かである。にっこり笑うと、ふっくらした唇が横にひろがった。僕は彼女の顔に吸いよせられるようで、松平さんと同じ色のカーディガンを着ているのにはじめは気がつかなかった。

奥さんが、あなたと夫に言ったとき、僕たちは彼女に追いついていた。松平さんは僕を紹介した。僕はどぎまぎしながら挨拶した。正直のところ、彼女の華やかといってもいい顔に圧倒されていた。胸だって大きい。アメリカ映画に出てくる悪女のような美人だった。

エリザベス・テイラーの口を小さくしたような美女だと聞いていたが、噂というのは当てにならないものだ。リズ・テイラーの口より大きいかもしれない。妻の沙知が松平夫人を見たら、きっと、とてもかなわないわと嘆くだろう。

「主人からよくお噂を聞いてます」

松平弓子は笑顔で言った。僕も、松平さんにはいつもお世話になりましてと型どおりのことを言った。松平さんはこれからとんかつ屋に行くことを奥さんに言わなかったが、彼女のほうは知っているらしい。

松平夫人は傘をたたみ、この夫婦は腕を組んでいた。じゃれあっている感じがあって、僕は見て見ぬふりをした。松平夫人の腹部はまだ出ていなくて、妊娠しているようには思われなかった。腕を組んでいれば、若い恋人同士でしかない。

松平さんは、僕が昔この近所に住んでいたことを奥さんに話した。とんかつ屋のことも話題にして、昭和二十八、九年ごろ、三百円のとんかつを食べていたなんて、贅沢な学生だったと言って、僕を苦笑させた。そんなことはないと僕は否定したかったが、二人の態度はまるで僕がいないかのようなので、黙って聞いていた。

やがて、松平さんは奥さんの肩を抱いていた。彼が家を飛び出したというのは、一体なんだったのかと思った。やっぱり痴話喧嘩にすぎなかったのか。

「エイプリル・シャワーだね」

松平さんが僕を見て言った。その顔が声もなく笑っている。はじめて見る、人なつこそうな笑顔だった。

「パット・ブーンですか」

僕は何年か前、歌っていた歌手の名前を言った。

「パット・ブーンか。四月の雨って気持がいいねえ」

「そうね」

松平夫人が甘えるように言い、夫の顔を見上げて、肩を押しつけていった。ちょうど電車通りに出たところだった。39番の早稲田行の都電がのろのろとやってきた。

「失礼します」

僕はそう言って、停留所のほうに駆けだしていた。うしろで松平さんが僕の名前を呼んでいたが、ふりむかないで電車に乗った。二人きりにしておいたほうがいいと思っていた。

動きだした電車の窓から見ると、のっぺらぼうの顔の夫と表情豊かな妻とが肩を寄せあって、手をふっていた。

初夏のババロワ

六本木をひとりで歩いていると、小柄ながら颯爽と足速にやってくる村山久雄氏にエリーゼの前あたりで会いそうな気がする。村山さんは僕の翻訳の先生だった。

村山さんとは六本木でなんどか会っている。下訳の原稿を届けるために、俳優座養成所でアメリカ演劇を教えていた村山さんを俳優座劇場に訪ねていくと、講義を終えた村山さんが地下からの階段を軽い足どりであがってくるのだった。

地上に出た村山さんの眼鏡のレンズがきらりと光り、いかにも研ぎ澄まされた神経の持主という印象を受けた。そもそも僕なんかと頭の出来がちがうのではないかと畏縮し、絶望的になったものだ。

村山さんは背は小さいけれども、はじめて会ったときから仰ぎみる存在だった。まず翻訳の文体が歯切れがよくて、語彙が豊富である。僕は村山さんの翻訳の文体を真似しようと努めているうちに、一時期、筆跡まで似てきて、沙知に笑われた。

村山さんはたいてい僕をエリーゼかロキシーといった喫茶店に連れていって、ミルク・ティーをごちそうしてくれた。そして、僕がおそるおそる下訳の原稿を差しだすと、内ポケットから封筒をとりだし、これ、少ないけど、と言って、僕に手わたすのだった。封筒にはいつも千円札が五枚はいっていた。

お金がはいるのは嬉しかったけれど、こういうことが一生つづいたら大変だと僕は心配した。いつまでも村山さんの下訳ばかりしていたら、沙知とは結婚できないだろう。といって、一人前の翻訳者としての実力がついているという自信もなかった。

沙知が村山さんについてくることもあって、彼女ひとり珈琲を飲みながら、楽しげに僕たちを見ていた。沙知は、村山さんの紹介で僕を知ったのである。村山さんが教えている生徒のひとりが沙知だった。

村山さんのお宅をはじめて訪れたのは、大学四年の夏休みの終りごろである。だから、一九五三年だ。『君の名は』が評判になっていた。けれども、僕はラジオを持っていなかった。ラジオがあったとしても、聴かなかっただろう。

村山さんはそのころご両親や妹さんと大宮に住んでいた。僕は駅から畑の小道を歩いてゆくとき、傘をさしていた。空はどんよりと曇って、雨がパラパラと落ちてきたのだ。もしかすると、台風が近づいていたのかもしれない。

村山さんの家は畑のなかに四、五軒並ぶ、古い木造の平屋だった。戦前に建てた家だったのだろうか、間数も少なそうで、なにしろ小ぢんまりとしていた。仙台で中学の国語教師をしている坂口さんから、村山さんの噂を聞いたときは、ずいぶん偉い人なんだと思ったが、こんなところに住んでいるのかといささか気抜けした。

もちろん、住まいでもって人を判断してはいけない。しかし、僕の想像では、村山さんは煉瓦造りの瀟洒な洋館に住んでいたのだ。坂口さんによれば、村山さんは二十歳前に文芸評論家として注目され、新劇にも関係し、ラジオ・ドラマを書き、サルトルやカミュを原書で読み、ヘミングウェイに傾倒し、いまは翻訳にまで手を染めているという。

坂口さんは中学で同級だった村山さんのことを、夏休みで帰省した僕の前で大いに自慢した。アーネスト・ヘミングウェイの名前は僕も知っていたが、村山さんは原書で読んでいて、短編小説をいくつかすでに翻訳していたらしい。

きっと会ってくれるから、一度訪ねてみなさい、と文学青年の坂口さんは僕に紹介状を書いてくれた。僕は夏休みが終る前に上京し、村山さんに手紙を出した。村山さんはすぐに葉書で返事をくれた。その雄壮な達筆に僕は驚嘆した。たぶん、この字のように、村山さんは堂々たる体軀のひとではないかと僕は訪ねる前からおそれをなしていた。

村山さんの家に着くと、僕はお母さんに茶の間へ案内された。村山さんは仕事中なのか、なかなか出てこなかった。坂口さんに、忙しい人だと聞いていたので、僕は恐縮したけれど、お母さんが気さくに話す方で、固くなっていた僕もだんだんにくつろいできた。

手ぶらで来たのが悔やまれた。仙台の名産でも持ってくればよかったのだが、白松ガ最中だって笹かまぼこだって、夏だからすぐに悪くなってしまう。そういえば、村山さんのお宅へお土産を持参したということが一度もない。世間知らず、礼儀知らずだったのだ。

お母さんは仙台のことを僕に訊ねた。戦争直後まで仙台に住まわれていたせいか、僕の郷里を懐しんだ。村山さんの父上は石油会社勤務で、仙台から東京の本社にもどり、本所に落ちついてまもなく、三月十日の空襲で焼けだされたという。

やがて、村山さんが茶の間に姿を見せた。想像していたのとちがい、村山さんが小柄なので、僕は驚いた。僕だって小さいほうであるが、いま目の前にいる人はもっと小さい。それに、昭和二年生れだから、僕より四つ年上にすぎないのに、髪が薄くなりかけている。本を読みすぎたために近眼がひどくなったとかで、眼鏡のレンズは度が強そうだった。

お母さんはたのもしげに息子を見上げた。そのように感じたのは、村山さんが現われるまでに、彼女が坂口さんと同じく村山さんの自慢をしたからだ。それが少しも厭味に聞こえなかったのは、お母さんの歯切れのよい話し方が僕の耳に快くひびいたからだろう。ざっくばらんなので、やっぱり下町の人だと僕は感心した。

お母さんが、ごゆっくり、と立ちあがって、台所のほうへ引っ込むと、村山さんは彼女がいままですわっていた座布団にあぐらをかいた。部屋にはいってきたときから、照れたような、恥かしそうな笑みを浮べていた。その笑顔で、僕も気が楽になった。

初対面の挨拶がすむと、村山さんは僕に、年齢はいくつかとか、大学はどこかとか、卒論のテーマは何かとか、僕にもすらすらと答えられることがらを訊ねた。それは僕を緊張させまいとする、その後会えば僕に対してかならず見せた村山さんらしい思いやりだったのだろう。

僕はすでに村山さんの笑顔が好きになっていた。上京してから会った、どんな人とも村山さんはちがっていた。こんな人が大学で教えてくれるのなら、大学に通うのがどんなに楽しくなるだろう。

「君が英文科の学生だから、僕は言うのだけれど、これからはアメリカ文学ですよ」

僕の身上をひととおり調べ終ってから、村山さんは優しく言った。僕は漠然とアメリカ文学に惹かれていて、杉木喬や高村勝治のアメリカ文学に関する参考書を読んでいたから、村山さんの話がじつに魅力的に聞こえた。村山さんが自分の新発見を僕にこっそり教えているように感ぜられた。

「君も大学院に行くんだったら、アメリカ文学をやるといいね。面白いよ」

こんどは冷やかすような口調である。それがまた垢抜けしているように思われた。大げさかもしれないが、僕の理想とする人が目の前にいるのだった。なぜ僕が東京に出てきたのか、なぜ仙台を嫌ったのか、その答えを村山さんが出してくれていた。

僕が何か言うと、村山さんは、あっ、そう、と相槌を打った。はじめはばかにされているような気がしたけれど、まもなく口癖であることがわかって、僕はほっとした。そして、二学期になったら同級生の前で真似してみるつもりになっていた。自分が田舎者、カントリー・ボーイであることにそのころは気がついていなかったのだ。

村山さんに会っていると、大学の先生たちの影が薄くなった。村山さんの話すことがすべて活きているのだ。村山さんが茶の間に来て数分としないうちに、僕はひとことも聞きもらすまいと耳をかたむけ、そのひとことひとことに大きくうなずいていた。

「これからは文芸評論を書くんだって、小説を書くんだって、また詩を書くにしても、翻訳をやるべきだと思う」

村山さんのこのことばに、僕はまた強くうなずいた。翻訳なら横のものを縦にするのだから、僕だってできそうだ、と思ったからだ。少なくとも小説家になるよりは楽だろう。これが安易な考え方だということを僕もそのときはまだ知らなかった。

「君も翻訳をやってみるといいね」

「はい」

僕は答えてから、それまで村山さんがこの若僧を同等に扱ってくれていたことに気がついた。目上の人からこういう扱いを受けたのも生れてはじめてである。

昔の探偵小説の冒頭にしばしば、その日、某々が誰それに逢わなかったら、またどこそこへ行かなかったら、××事件といわれる世にも奇怪な出来事に遭遇することもなかったであろうというくだりがある。僕がまがりなりにも翻訳者の端くれとなり、沙知とようやく結婚できたとき、古めかしい探偵小説のそんな文章を思い出した。

大宮の村山さんのお宅を訪問したのは一度だけである。それから二年ほどして、村山さんは結婚し、奥さんの実家がある千葉に移ったのだ。しかし、ただ一度、大宮のお宅を訪ね、村山久雄という颯爽たる若武者に遭ったばかりに、僕の一生が決まってしまった。

そのことを自分でも認めたくないという気持がいまでも残っている。けれども、事実は、村山さんが僕の人生を決定したということである。人生とか運命とかいったことばはなるべく使いたくない。僕のは人生といえるほどのものではないと思っている。謙遜しているわけではなく、人生というと、なんだか大げさに聞こえるのだ。誰もがどこでも人生、人生と叫んでいて、この貴重この上ないことばが汚れてしまったような気がする。

六本木という町も、村山さんの知遇を得たおかげで、渋谷からひとりでバスか都電で行けるようになった。六本木で村山さんに会うときは、早目に行って、誠思堂の古本屋を覗いた。この古本屋のひとすみには、アメリカのペイパーバックと雑誌が堆《うずたか》く積んであったのだ。六本木に住む米軍の家族が始末したものらしい。

村山さんを俳優座劇場に訪ねるときは、よく雨にたたられた。村山さんに沙知を紹介された日も雨が降っていた。梅雨がまだ明けない七月上旬だったと思う。沙知はレインコートにレインハットをかぶり、ヒールの高い靴をはいていた。

訊いてみたことはないが、沙知は村山さんを好きだったのではないか。というより、まだ十九歳の小娘だったから、慕うか憧れていたのだろう。村山さんは若い女を惹きつける魅力を持っていた。村山さんの口癖を借りるなら、それはサムシングである。村山さんの英語の発音がまた見事だった。

村山さんは僕にとって小さな巨人だったが、まだこのことばは使われていなかったので、小さなと巨人とが矛盾するように思われた。僕は村山さんの書いたものなら、なんでも読んでいたし、去年の秋に出たアメリカのハードボイルド探偵小説の村山久雄訳を読んでいた。実は、その探偵小説の後半五十ページばかりは僕が下訳している。

大宮のお宅に伺ってまもなく、村山さんから達筆の葉書が来て、僕は有楽町の喫茶店に呼び出された。丸顔のほっそりした美しい人が村山さんとミルク・ティーを飲んでいた。

「小村絹代、女優です」

村山さんは彼女を僕に紹介した。僕はどぎまぎしながら自己紹介した。小村さんは頬ににきびが一つ出ているが、濃いブルーのワンピースを着て、まるでお人形さんだった。

村山さんは女優と言ったけれども、清楚なお嬢さんにしか見えないので、不思議な気がした。それに、彼女が会話のなかで村山さんをあなたと呼ぶとき、彼を独占しているような、とりこにしているような、そしてセクシーなひびきがあったのだ。二人がかなり親しいのが僕にもわかった。

　村山さんは僕のためにミルク・ティーを注文してくれて、風呂敷包みのなかからペイパーバックをとりだし、最後の部分をこともなげに破いて、僕にわたした。僕はページを見て、五十ページもあることを確かめた。

「悪いけど、この下訳をお願いしたい。期間は三週間」

　村山さんに言われて、僕は簡単に引き受けた。楽にできそうな気がしたからだし、俺も翻訳者になれるのかと愚かにも安易に考えていたのだ。

「助かるわね、あなた」

　小村さんは村山さんに澄んだ声で言い、僕にあでやかな微笑を送ってよこした。僕はまたどぎまぎしてしまった。

　しかし、五十ページのテキストは読んでいるかぎりでは、内容が理解できたものの、それを日本語にしようとすると、まるで歯がたたなかった。それでも、予定よりだいぶおくれて、なんとか仕上げることができて、村山さんが小村さんと会うときによく利用するらしい有楽町のレンガで、百枚ばかりの下訳の原稿をわたした。すると、村山さんが内ポケットから封筒をとりだして、僕にわたしたのである。

　最初のその下訳が僕にとってはカルチャー・ショックであったことをだいぶあとになって知った。村山さんに会ったことがそもそもカルチャー・ショックだったのだ。

僕の下訳を使った村山さんの翻訳を読んで、ハードボイルド探偵小説らしく文章がきびきびしているのに驚いた。僕の下訳などなんの役にも立たなかったにちがいない。きっと村山さんは僕の非力に失望したことだろう。

村山さんは文体を持っていた。僕には当然それがなかったし、読みも浅かった。

村山さんのエッセーをはじめて読んだとき、その歯切れのよさに快感に似たものをおぼえた。お母さんの話の歯切れのよさに通じるものがあった。

村山さんの文章はしばしば語尾が「のだ」で終っている。その「のだ」はいちいち断定的で、相手に有無を言わせないし、潔さを感じさせた。あるとき、僕がそのことを言うと、村山さんは、小林秀雄の影響かなとあの人なつこい微笑を浮べた。

「彼は女の胸に拳銃の狙いを定めたのだ」とか、「狙われているのは、この俺、マイク・ハマーなのだ」とか、語尾が「のだ」の文章は、村山さんを知る以前に読んでいたかもしれない。けれども、それを意識することはなかった。僕が下訳をはじめ、村山さんのエッセーや翻訳を読んで「のだ」で終る文章が気になってきたのだ。

村山さんの文章が「である」で終らないことにもおそまきながら気がついた。「である」というのは分別臭いし、間延びしていて、もっともらしいから、村山さんらしくない。たぶん、村山さんは「である」が嫌いなのだろうと勝手に考えた。

文章の語尾にこだわるなど滑稽であり、愚劣である。「のだ」という語尾は僕の文章にとりついてしまい、じつに長いあいだ、そこから脱することができなかったのだ。これは自分の恥を打明けるようなものだけれど、事実なのだから仕方がない。

村山さんにはとても敵わないという気がしていた。一生かかったって、村山さんの足もとにも及ばないだろう。翻訳のうまさも村山さんの域に達することはあるまい。

けれども、村山さんに会っていると楽しかった。その時間だけ充実しているように感ぜられた。このような才能ある人といっしょにいられるのは、自分にも才能があるからだと錯覚していたようだ。その錯覚に僕はすがりついていた。なぜなら、錯覚以外に僕には何もなかったのだから。

村山さんは、これからはアメリカ文学ですよと言った。そのことばに励まされたけれども、そんな時代が来るのかどうか、見当もつかなかった。ひょっとしたら僕のような落伍者だけがほとんど誰も相手にしないアメリカ文学に興味を持っているのではないか。

そのころ、アメリカに行きたいなどと夢にも考えていなかった。一生行くことはないと諦めていた。僕にとってアメリカとはアメリカの本や雑誌を読むことだった。ただし、本といっても薄汚れたペイパーバックである。しかも、僕が読んでいたのはもっぱらアメリカ製の探偵小説だった。

雑誌は村山さんの真似をして、いろんなのを買って拾い読みしていた。そのなかに「シアター・アーツ」があって、これには毎号戯曲が一本掲載されていた。

読解力を身につけるのだったら、戯曲を読むといい、と村山さんは僕にすすめた。戯曲は起承転結がはっきりしているし、わかりにくい風景描写や心理描写もないから、君でも辞書なしで読めるだろう。

村山さんに言われなかったら、「シアター・アーツ」を読むこともなかっただろう。また、俳優座養成所の生徒だった沙知とは、村山さんに紹介されて一年もたたずに親しくなっていたから、僕もアメリカ演劇に興味を持ちはじめていた。沙知といっしょに一橋講堂で民藝のアーサー・ミラーの『セールスマンの死』を観た。

「シアター・アーツ」のある号で『キャリア』という、オフ・ブロードウェイで上演された戯曲を読んだ。それがいつまでも記憶に残った。ブロードウェイで脚光を浴びたかった俳優が何もかも犠牲にして、オフ・ブロードウェイでようやく成功するという暗い作品である。その俳優は妻に去られ、友人を失い、もちろん貧乏である。終幕で俳優は昔の友人に、悔いはないかと訊かれるシーンがあって、僕は読みながら、なぜか涙がこぼれてきた。

いつまでも下訳をつづけて、結局プロになれなかったらどうするのか、と僕はいつも考えていた。それに、翻訳なんてまともな職業じゃないと思ってもいた。まともな人間のやる仕事ではない。大学院で真面目に勉強をつづけたほうがはるかにいいとなんど思ったことだろう。父からの仕送りで生活には困らなかったが、僕は世の中からはずれていた。どん底にいるような気がしていた。

しかし、沙知がいた。彼女が僕の支えになってくれていた。

村山さんは小村絹代さんと結婚し、千葉駅の近くに所帯を持った。駅から歩いて七、八分の丘の中腹の古い木造家屋が新居だった。

結婚式には僕も招待された。それから一週間後には僕は村山夫妻の新居へ泊りに行っている。女優をやめた絹代さんは手料理で僕を歓待してくれたので、芝居よりも奥さんのほうに向いていると思った。しかし、僕は絹代さんの舞台を一度も観ていない。ラジオに出演したというが、それも聴いてはいなかった。村山さんに会ったときは、たいてい絹代さんが寄りそうようにいっしょだった。

僕はなんども村山さんのお宅に泊っている。沙知が養成所を卒業し、小劇団にはいって、東北地方へ旅公演が多くなると、その間、僕は千葉の村山家に居候していたのだ。一週間もいつづけたことがある。こちらが無神経なのか、村山夫妻がいつでも歓迎してくれているような気がした。ほんとうは迷惑だったのかもしれない。僕は村山家の書生のつもりでいた。ただ、書生にしては新婚家庭で図々しく振舞っていたように思う。

奥さんが出かけた、ある日の午後、村山さんと裏山を歩いた。駅から近いのに、そこはもう田舎だった。五月にしては暑いくらいで、村山さんも僕もシャツ一枚で、下駄をはいていた。あたりに枯枝が散らばっていて、それらを踏んで、あてもなく歩いた。

森というには、その裏山はあまりにも小さかった。雑木の数も少ない。新緑のまばらな木々のあいだから陽がさしていた。

「風呂でもたてようか」

突然、村山さんが言った。

「今日は暇なんだ。君に手伝ってもらったブレット・ハリディも終ったし」

だから、僕も東京からはるばる千葉までやってきた。伺ってもよろしいでしょうかと手紙を出したら、村山さんからどうぞという返事が来たのだ。

村山さんの家は三間で、縁側が高くできている。陽当りがよくて、何もすることがないと、冬は縁側で夫妻と三人でよく日なたぼっこをしたものだ。

奥の部屋は村山さんの仕事場で、書棚にはフランス語や英語の本がぎっしり並んでいる。まんなかの部屋が茶の間、そのとなりは奥さんの部屋である。風呂場は外にあって、五右衛門風呂である。

僕は田舎育ちだが、五右衛門風呂というのは村山さんのお宅ではじめて見た。そして、はじめて五右衛門風呂にはいったとき、なかなかいいものだと思った。村山さんに聞いたのだが、釜ゆでの刑に処せられた石川五右衛門の名にちなんだ据え風呂の一種だそうで、底の部分が鋳鉄でできている。全体が鋳鉄というのもある。それを直接かまどの上に据えつけた風呂で、底板を浮かせて浮き蓋とし、これを踏んで沈めたのち、その上に乗ってはいるのだ。

村山さんにお風呂をどうぞと言われて、裸電球が輝いているだけの風呂場を覗いたときは驚いたが、底板を足で沈めてはいるだけなので、べつにとまどうこともなかった。

その五右衛門風呂を村山さんは昼日中からたてようというのである。僕はさっそく枯枝を集めにとりかかった。みな乾いているから、薪になる。村山さんと僕は十分な量の枯枝の束を手に持って家にもどった。火をおこすのは僕がやり、やがて枯枝がいきおいよく燃えはじめた。そのあいだ、村山さんはにやにやしながら見ていた。

「君は風呂をたてるのがうまいんだねえ」

賛辞とも皮肉ともとれる口調である。村山さんがそんな口調になるときは、僕は皮肉ととるようになっていた。

夫妻と散歩に出かけ、いっしょにパチンコ屋にはいり、僕が玉をピース十個ばかりと取り換えたことがある。すぐに玉のなくなった村山さんはさも感心したように言った。

「君はパチンコの天才なんだねえ」

煙草十個ぐらいでパチンコの天才と言われれば、誰だってばかにされたような気がするだろう。しかし、本気で言っているようにも聞こえたのだった。

五右衛門風呂は沸くのが早い。ときどき湯のなかに手を入れていた村山さんがやがて、沸いたよと言った。

「村山さんからどうぞ」

村山さんは僕の恩師であるが、先生と呼んだことがなかった。おそるおそる、村山さんと呼んでいた。

「じゃあ、遠慮なくいただこうかな」

村山さんは下駄を脱いで簀子《すのこ》にあがると、すぐにはだかになった。僕も痩せていたが、村山さんも痩せていた。僕の周囲には太った人などひとりもいなかった。村山夫人も痩せていたし、沙知も痩せている。みんな若いから痩せていられるのだということをそのころは知らなかった。

「いっしょにはいらないか」

頭にタオルをのせた村山さんが言ったけれど、五右衛門風呂は小さいし、洗い場も狭かった。僕は遠慮して部屋にもどった。

縁側に出て、何もない庭をぼんやり眺めた。その庭の向うが丘の上までつづく未舗装の道である。道の向うは野原だった。このあたりは民家がぽつんぽつんとあるだけで、駅の反対側は賑やからしいが、こっちはまだひらけていない。

貧しい翻訳者がもっと貧しい下訳者を抱えておくのにふさわしい環境だった。村山さんを貧乏だと言っては失礼にあたるかもしれない。しかし、村山さんから話を聞いて、翻訳者の生活が貧しいのを知っていた。翻訳者のなかでは、村山さんはむしろ金持のほうに属していただろう。僕の下手くそな下訳にもきちんと原稿料を払ってくださったのだから。

風呂からあがった村山さんがタオルで汗を拭きながら、庭にやってきた。髪がはじめて会ったときよりもさらに薄くなっている。若禿だけれど、僕とちがって頭と神経を使いすぎたためだろうと思った。

「君もはいりなさい。少しぬるくなったかもしれないが」

僕は風呂場に行った。底板を足で押して沈めて躰を入れると、村山家に居候していることから生れる緊張が消えていくようだった。僕は気持がよくて、溜息をついた。目をつぶり、口のあたりまで湯につかった。

何分間そうしていただろうか、枯枝がパチパチと燃える音がして、目を開けた。躰を乗りだして、かまどのほうに目をやると、村山さんがしゃがんで、じっとかまどを見ている。僕はそっとまた躰を沈めた。たしかに湯がぬるくなっていたから、長く湯につかっていられたのだ。風呂は熱いのが好きだけれど、真冬ではなく、外は夏が来たみたいに暑いのだから、少しくらいぬるくても平気だった。

枯枝が燃える音を聞きながら、僕はそのとき、村山さんに愛されていると強く感じた。

僕はそっと言った。

「有難うございます」

村山さんが、僕の名前で翻訳するテキストをわたしてくれたのは、それからまもなくである。そのテキストは弁護士ペリー・メイスンもので知られるガードナーの中編を二つ収めたペイパーバックだった。村山さんが親しかった編集者の加藤さんに僕を執拗に売りこんだ結果、加藤さんも根負けして、僕を使ってみることにしたのである。

五右衛門風呂のことは旅公演から帰ってきた沙知に話した。彼女は五右衛門風呂を知っていた。岩手県のある村で子供の芝居をやったとき、村の農家ではいったという。はじめての経験だから、スリルがあって興味しんしんだったわと沙知は楽しそうに言った。

そのとき、僕たちは六本木のクローバーでミルク・ティーを飲み、ババロワを食べていた。もう六月にはいっていて、沙知は小さな花を散らしたワンピースを着ていた。サマー・ドレスよ、と彼女は言った。

クローバーには僕たちのほかに客はいなかった。粗末なテーブルにベンチのような椅子がおいてある小さな店だ。店員は割烹着のおばさんがひとり。エリーゼやロキシーほど洒落てはいない。町の菓子屋さんであるが、沙知はこの店をひいきにしていた。ここのババロワがほかでは食べられない、珍しいものだったからだ。それに美味しい。

沙知と親しくなって、六本木で二人きりで会ったとき、彼女はクローバーへ僕を案内した。霞町で生れたから、このあたりに詳しい。

淡い黄色のふわふわしたババロワは、酒を飲まない僕も好きになった。村山さんも酒を飲まなかった。少なくとも僕の前で飲んだことはない。

「ドサまわりのあいだ、クローバーのババロワを食べたいと思ってたわ、あなたと」

沙知は僕をみつめて言った。それで、僕は、沙知といっしょに五右衛門風呂にはいりたかったと冗談に言った。もう沙知の躰を知っていた。結婚の約束もしていた。

窓から外を見ると、渋谷行の都電がゆっくり走っている。新橋行のバスが通った。よく晴れた初夏の昼さがり。

沙知と久しぶりに会えて嬉しかったが、疚《やま》しさも感じていた。沙知に会うと、いつもそうなのである。それは自分がまだ一人前になっていないからだった。僕ひとり正業についてない。いや、それどころか定収入がない。

沙知を見ていると、彼女の顔を美しいと思いながら、一方では、ほかのことを考えている。ババロワは旨いと感じながら、不安な気持を抱いている。

「村山さんのお宅に何日いつづけたの」

何も知らない沙知が訊いた。

「一週間」

「ご馳走してくださった？」

ご馳走は出なかったけれども、村山夫人のつくるものには心がこもっていた。盛りつけがきれいなのに僕でも気がついた。毎日、納豆を食べてたよ、と僕は言った。沙知は声をあげて笑った。村山夫人が苦労していたのを僕も沙知もまだ知らなかったのだ。

僕たちはクローバーを出て、劇場のほうへぶらぶらと歩いていった。銀座に出て映画を観るつもりでいた。

「なんだか村山さんに会いそうな気がする」

沙知は言った。実は僕もそんな気がしていたのだ。偶然に六本木で村山さんに会ったことはないけれど、村山さんを知らなかったら、六本木をこうして沙知と歩くこともなかっただろう。僕にとっては、ここは村山さんの縄張りである。

「村山さんてときどき意地悪するんじゃない？」

沙知が訊いたので、僕は吹きだした。沙知も僕と同じ目に遭っているのがわかったからだ。

「そう、意地悪な先生だ」

僕が言うと、彼女も笑った。頭のなかで、意地悪な先生なのだと言ってみた。

「でも、あなたを可愛がってるでしょう？」

僕はうなずいたが、愛されていると思ったことは黙っていた。ただ、いつか沙知に言うつもりでいる。

「こんど千葉へ行くとき、私も連れてって」

「いっしょに行こう」

「そのときはクローバーのババロワを奥様へのお土産に持っていくわ」

それはいい考えだ。沙知のほうが気がきく。

「奥様もたしかお好きだったはずよ」

「あっ、そう」

僕は村山さんの口真似をした。

「あなた、話し方まで村山さんに影響されたのね」

それでもいいのだ、と僕は思っていた。しかし、いつかはそこから抜けだせるだろう。

たとえば、僕がひとり立ちしたとき。

黒眼鏡の先生

銀座で沙知と会うときは、いつのまにかイエナで落ちあうようになっていた。僕がこの洋書店にはいったら、三十分は出てこないのを彼女も知っていて、約束の時間に安心して遅れることができた。

小さな劇団に所属する沙知に会うのをかりに六時と約束しても、稽古のある日は渋谷の稽古場から地下鉄かバスで銀座へ来るまでに、たいてい二、三十分は遅れた。稽古が予定どおりに終ることがなかったからだ。

沙知が約束の時間にたとえ一時間遅れても、僕はそのことを忘れて、宝の蔵にでもはいったかのように、棚に並ぶ新刊のペイパーバックを一冊一冊手にとってみていた。ビニールがかけてあるカバーは手に吸いついてくるようで、ページを開くとかすかにインクの匂いがした。

近藤書店と一軒おいたとなりのイエナと、僕が毎日のように通っていた渋谷百軒店のアメリカのペイパーバックと雑誌専門の古本屋とは、この匂いがちがっていた。碇卯之吉《いかりうのきち》さんがもう一人の中年のおじさんと店番をしていた百軒店のこの古本屋には、イエナよりも新しいペイパーバックが仕入れてあったし、「ヴォーグ」だって「エスクァイア」だって「プレイボーイ」だって最新号がイエナよりも早く並んでいたが、時代から取り残されているように見えた。

碇さんともう一人のおじさんのまだ引揚者のような、よれよれの服装は薄暗い陰気なバラックの古本屋にふさわしく、いかにも時代遅れだった。あるいは二人とも意識しないでといおうか、心ならずもというか、時代に背を向けていたのかもしれない。

百軒店の古本屋のペイパーバックや雑誌がアメリカで発売されたばかりの新刊や最新号であっても、古くさく見えたのは、いずれも薄汚れていて、イエナでよりも安く手にはいったからだろう。書物や雑誌に関するかぎり、碇さんの店には最新のアメリカがあったけれども、ここにやってくる人の数はごく限られていたようだ。その人たちも時代に取り残されていたように見える。彼らもまた世の中に背を向けていたのかもしれなかった。

イエナは碇さんの古本屋とは対照的だった。イエナで売っているペイパーバックは、何カ月か前に碇さんの店で見かけたのが多かったのに、新しいもののように感じられた。碇さんのペイパーバックとちがって、汚れひとつなく、真新しいのである。

沙知を待つあいだ、イエナでペイパーバックや雑誌を買うことはめったになかった。それは沙知と結婚してからもしばらくつづいた。沙知と四谷若葉町の六畳一間のアパートに所帯をもったのは、一九五九年のことだ。

その前後に、イエナに出ていた本を沙知に誕生日のお祝いとしておくられたことがある。ヘンリー・ミラーの画集だった。沙知が、劇団でもらう二月分のギャラよと言ったほどの豪華本である。沙知もヘンリー・ミラーの絵が好きだった。ブリヂストンの美術館で彼の絵をいっしょに見たことをときどき僕たちは話題にした。小さな絵だったが、「心貧しき者」という素朴な肖像画が僕の記憶に残っていた。パンフレットに吉田健一が解説を書いていた。

ペイパーバックはもっぱら渋谷の碇さんの店で買いあさっていたが、イエナを覗くようになって四、五年のあいだに、三冊か四冊は買っている。そのうちの一冊だけはよくおぼえている。ジョナサン・コゾルという若い新人の『けしの香り』だった。ハーヴァードの裕福な学生とラドクリフの女子大生がクリスマス・イヴにニューヨークに行き、その翌朝だったか、アイドルワイルド空港からヨーロッパに旅立つという小説である。ヒロインの名前はウェンディといった。二人はお金（三千ドル）があるあいだ、スペインやイタリアを放浪し、パリに行き、最後は喧嘩別れする。船で帰国し、主人公は大学にもどり、ウェンディはファッション・モデルになるという、甘美なという形容詞がぴったりのラヴ・ストーリーだった。

若いカップルがスペインの海辺で一日一ドルで暮す牧歌的な日々がじつに羨しく思われた。『けしの香り』が身近に感じられたのは、作者が若かったからだろう。作者自身のことを書いたのかもしれない。僕は小説のあらすじを沙知に話してやった。夢みたいなおはなしね、と彼女は言った。

『けしの香り』を買った日のことはよくおぼえている。その日の昼に、大沢さんに資生堂パーラーでチキンライスをご馳走になったからだ。初対面だったのに、大沢さんは沙知と僕を誘ってくださったのである。

『けしの香り』を買ったとき、ちょうど沙知がイエナにはいってきた。髪をポニー・テイルにした沙知は淡いブルーのサマー・ドレスを着ていた。

いっしょに外へ出ようとすると、沙知は店の奥のほうに目をやりながら、大沢清治さんよ、と小声で言った。それまで僕は気がつかなかったのだが、「スクリーン」や「映画の友」にときどき写真が載っていた大沢さんである。陽に灼けた面長の顔にサングラスというより、黒眼鏡といったほうがいい眼鏡をかけていた。

それでも、あれが大沢清治かと思った。躰にぴったり合った茶の上着に濃い緑のネクタイを締め、ギャバジンのズボンも茶であるが、[illegible]色は上着より薄い。ペイパーバックを手にとって見ているその姿はイエナのバタくさい雰囲気にとけこんでいて、瀟洒な感じがした。やっぱりレイモンド・チャンドラーの翻訳者にふさわしい紳士だ。それが大沢さんから受けた第一印象である。僕は大沢さんが翻訳した『さらば愛しき女よ』の文体が好きだった。それに、学生時代にはウィリアム・サローヤンの『わが名はアラム』を愛読している。仙花紙に印刷されたこの小説集も大沢清治訳だったし、実はこれを読んで、サローヤンというアルメニア系の作家を知り、大沢清治という名前をおぼえた。

もちろん、大沢さんが映画の字幕の第一人者であることも知っていた。そして、大沢さんと沙知の父が親しいことも知っていた。

沙知は僕の手をつかんで、大沢さんのほうへ近づいていった。ご挨拶しなければ、と呟いていた。

今野昌太郎の娘の沙知です、と彼女は大沢さんの前で自己紹介し、あの、婚約者です、と僕を紹介した。こういうとき、沙知は少しも物怖じしない。

「今野君のお嬢さんか」

大沢さんは沙知をじっとみつめた。まるで彼女ひとりしかいないようで、僕は自分が無視されているのを感じた。

「新劇の女優さんだったね」

「そんな」

沙知の顔がみるみる赤くなった。本人がまだ女優だと思っていないからだ。舞台ではいつも端役だからだろうが、沙知はそれを楽しんでもいる。

「お父さんにはしばらく会ってないけれど、お元気かね」

大沢さんは歯を見せて笑った。黒眼鏡だから歯の白さが目についた。

「ええ、元気です」

「お父さんには君のことを聞いているよ。でも、顔のことは言ってなかった。こんなに綺麗なお嬢さんだとは思わなかった。新劇にはもったいない。宝塚にはいるとよかったのに」

「そんな」

沙知はまた顔を赤くしたが、宝塚と言われて嬉しそうだった。宝塚が大好きなのである。中学生のころから観てきた。

大沢さんが腕を上げて、腕時計に目をやった。その仕種もアメリカ映画の渋い傍役の演技を見ているような気がした。年齢は五十歳ぐらいだろうか。地方紙の東京支社で運動部の記者をつとめる沙知の父親より二つか三つ若いはずだった。

「君たち、お昼はすませたのかね」

大沢さんがはじめて僕のほうを見てたずねた。僕はどぎまぎし、顔の赤くなるのが自分でもわかった。

「いいえ。これからいっしょに、と思っていたんです」

「どこで」

「牡丹園で冷しそば」

「あそこのそばは旨い。石坂洋次郎さんがご贔屓の店だ。どうかね、僕につきあわないかね。せっかく今野君の娘さんに会ったのだから、僕につきあいなさい」

大沢さんが「僕」と言うのに、いささか驚いた。しかし、この紳士なら「私」ではなく、「僕」でなければいけないような気がした。

僕たちはイエナを出ると、沙知をまんなかにして八丁目のほうに歩いていった。暑いのかどうか僕にはわからなくなっていた。ただ、額に汗をかいていて、ズボンのポケットからハンカチーフをとりだした。

「先生がお訳しになったサローヤンの『わが名はアラム』が大好きなんです。彼から教えてもらったんですよ」

大沢さんを見上げる沙知の言葉には敬意がこもっているように聞こえた。「彼」とは僕のことだ。人と話をするとき、僕がいっしょにいると、沙知はちょっとはにかんで、僕の名前ではなく「彼」と言うのだった。

「あれは戦前に翻訳したものなんだよ」

大沢さんは嬉しそうに、懐しそうに言った。

「きれいな挿絵が何ページもはいっていてね。きれいな本だった。昭和十六年に出たんだよ」

「戦争がはじまる前ですね」

「そう。あれは何月だったかな。僕はその本、持ってないんだ。空襲で焼けだされちゃってね。サローヤンは、僕がニューヨークに住んでたころに登場してきた」

『わが名はアラム』は貧しいアルメニア移民の少年が語るカリフォルニア州フレズノの貧しい人たちの物語だ。サローヤンは彼らの貧乏生活を楽しそうに描いていた。

貧しかった僕にとって、『わが名はアラム』は慰めになった。貧乏生活も楽しいことを教えられた。

「君はイエナにはよく行くのかね」

大沢さんがはじめて僕にたずねた。僕は、はいと答えてから、ハンカチーフで額の汗を拭いた。沙知は、イエナを待ち合わせの場所に利用していることを大沢さんに告げた。

「でも、どこへ行くんですの」

「資生堂パーラーでチキンライスでも食べよう。今日の昼はチキンライスにしようと昨日の夜から決めていたんだ」

沙知が吹きだすと、大沢さんも笑った。僕は汗を拭きながら、笑いたいのをこらえた。


夕方、沙知と並木通りを歩いていると、大沢さんにまた会った。遠くからでも黒眼鏡で大沢さんとわかった。資生堂パーラーで昼食をご馳走になってから十日ほどたっていた。

「今日は失敬するよ」

大沢さんは言い、かるく手を上げて、急ぎ足で去っていった。僕たちが先日のお礼を申上げるいとまもなかった。たぶん、これから誰かに会うのだろう。

酒豪だと沙知から聞いていたので、八丁目あたりのバーに行くのかもしれない。沙知は、大沢さんがいくら飲んでもくずれないことを父親から聞かされていた。大沢さんと沙知の父親は飲み仲間らしく、会えば酒になるという話だった。

僕は大沢さんの後姿に向ってお辞儀をしながら、資生堂パーラーの二階で元気づけられたことを思いかえしていた。その後姿も歩き方も涼しくなってきた並木通にすっぽりとおさまっている。それは僕が一生かかっても身につけられないものだろう。

チキンライスが来るまでのあいだ、大沢さんは沙知に劇団にはいって何年になるのかとか、秋には何を上演するのかとか、収入はあるのかとか、そしていつ結婚するのかとかたずねた。沙知はこれらの質問にはきはきと答え、大沢さんは微笑を浮べていた。その笑顔は慈父のようなといったら、誇張になるだろう。小娘がよく喋るわいと沙知を見ているようでもあった。

僕はテーブルクロスの白さに目を奪われていた。一つひとつのテーブルが真白で清潔なのである。こういうレストランならどんなものでも美味しく食べられるだろう。もう二時に近く、数組の客がお茶を飲んでいるだけで、話声も小さい。その静けさにも僕は圧倒された。

大沢さんはここでよく食事をされるらしく、窓ぎわのテーブルに案内されるとき、マネージャーのような男と親しげに口をきき、野口君は最近来ているのなどとたずねた。こういうところへ初対面の僕を連れてくるなんて、大沢さんも物好きな人だと思った。むろん、友人の娘の沙知がいたおかげであるが、それにしても、変った紳士である。

「お父さんともここで食事をしたことがあるんだよ」

大沢さんは沙知に言った。

「ええ、いつだったか父に、ビーフシチューを先生にご馳走になったって聞きました」

「お父さんはここへ来ると、かならずビーフシチューだ。変った人だね」

大沢さんはまた微笑した。僕が笑うと、はじめて僕がいるのに気がついたかのように、黒眼鏡をこちらに向けてきた。

「何を買ったのかね」

大沢さんは僕がテーブルのすみにおいたイエナの包みを見てたずねた。僕は包みからコゾルのペイパーバックをとりだして、大沢さんにわたした。手が少しふるえているのが自分でもわかった。

大沢さんは表紙をしばらく眺めてから、裏表紙を見た。そこには新聞の書評からの引用と作者の略歴が出ている。

「新人だね」

　大沢さんは僕のほうを見ないで言った。

「ええ」

　僕はおずおずと答えた。沙知とちがって、すぐに物怖じするのが僕の欠点である。まだ人に慣れていなかった。こういうレストランにも慣れていなかった。

「この作家のこと、知ってたの」

「いいえ」

「買ったばかりだから、まだ読んでないやね」

「ええ。ただ、おもしろそうだったんで」

「好奇心が強いんだね」

「はあ」

「いい心がけだよ」

　となりにすわる沙知が僕の膝を突ついた。大沢さんの翻訳やエッセーはみな彼が読んでいます、と沙知は言った。僕は大沢さんと植草甚一と清水俊二の書いたものにはかならず目を通していた。時間はいくらでもあるのに、仕事がなかったからだ。

「僕は勉強が好きでね」

　そう言う大沢さんは一瞬顔をゆがめた。よほど照れくさかったのかもしれない。けれども、大沢さんのこのことばはいつまでも僕の記憶に残った。

「未知の作家のものを読むときなんか、いまでも僕は興奮する。読みはじめて、がっかりすることもあるがね」

「そういうときはどうなさるんですか」

沙知の質問に大沢さんはまた微笑した。

「おしまいまで読んでみる。まずい料理だって残せば、つくった人に悪いからね。でも、読みおわったら捨ててしまう」

「いいなあ。私もこれからはそうしよう」

「ニューヨークに住んでたときに、余計なものを捨てることをおぼえた。そうしないと、ステュディオ・アパートメント、一間の下宿のことだよ、これが新聞や雑誌でたちまちいっぱいになる。だから、どんどん捨てた」

大沢さんが一九三〇年代にアメリカの映画会社のニューヨーク駐在員だったことは映画雑誌で読んだことがある。沙知も知っていたから、たぶんそれで、僕がそのころのアメリカに興味を持っていることを大沢さんに告げたのだろう。ほんとうは一九二〇年代のアメリカなのだけれど、そのあとの三〇年代についても僕は知りたいと思っていた。

「ベーブ・ルースは知ってるね」

大沢さんがたずねたので、僕は頷いた。ベーブ・ルースを知らない男はいないだろう。

僕はベーブ・ルースについてポール・ギャリコというスポーツライターが書いたものを読んで、一九二〇年代に興味を持ったのだ。

「自慢話をしようかね」

大沢さんは僕に笑顔を向けてきた。

「ルースがセンターの方向を指さして、ホームランを打ったという伝説があるんだよ」

「そのお話、彼から聞いたことがあります」

沙知がはしゃいで言った。

「そのときのラジオの放送を聴いてるんだよ。一九三二年のことだ。二十四、五年前になるかな」

僕が生れた翌年である。昭和七年。大沢さんが東大を卒業してまもないころだ。

「この年はね、上海事変、五・一五事件、満州国建国という大事件があったんだ。十月十日、土曜日だった」

大沢さんが二十代の青年のように見えた。沙知と僕は大沢さんの顔をみつめて、話を聞いた。

大沢さんはその日、勤務するパラマウント映画会社外国部で午前中の仕事を終えると、オフィスに近い地下鉄の四十二丁目駅から急行に飛び乗った。西七十丁目一二〇番地のアパートに大急ぎで帰るつもりだったのだ。

アパートの番地までおぼえていているなんて、大沢さんの記憶力はすごい。僕は上京してから現在の高田馬場の二軒長屋の一つに落ちつくまで、何軒かの下宿を転々としたが、番地まではおぼえてない。

地下鉄急行のつぎの停車駅は七十二丁目駅で、そこから大沢さんの「下宿」までは五分とかからなかった。急いで帰ったのは、ニューヨーク・ヤンキースとシカゴ・カブスのワールド・シリーズ第三戦をラジオで聴きたかったからだ。

ベーブ・ルース、ルー・ゲーリックのスラッガーを擁し、名監督ジョー・マッカーシーに率いられるヤンキースは再び黄金時代を迎えていて、第一戦第二戦ともカブスに圧勝したという。12―6、5―2とスコアも大沢さんの口からすらすらと出た。

「僕はラジオを聴きながら、スコアをつけていた。それにしても、チキンライスが遅いね」

大沢さんは言ったけれど、僕はここに少しでも長くいられたらとさもしいことを考えていた。沙知は大沢さんの黒眼鏡をみつめていた。大沢さんは話をつづけた。

「五回表のヤンキースの攻撃は、二番のスーウェルからはじまっているんだよ。彼が三塁ゴロに倒れ、三番はルースだ。それまでにルースとゲーリックはホームランを一本ずつ打っててね、スコアは4―4。ルースは2―2のカウントからセンターオーバーのホームランを打った」

それが伝説のホームランだった。ルースはこのホームランを打つ前に、センター後方の旗を指さし、その予告どおり打ったというのである。たしかギャリコもそのことを書いていた。

「でも、僕がラジオを聴いていたかぎりでは、アナウンサーは、ルースがセンターを指さしたなんて言わなかった。翌日の新聞のスポーツ欄をみてみたんだが、そのことを書いていたのは、たしか『ニューヨーク・ワールド・テレグラム』のスポーツライターひとりだった」

「本当はどうだったんですか。先生はお調べになったんでしょう」

「こういうのを調べるのが好きでね。それが僕の勉強だ」

ようやくウェイターが銀色の大きなトレイに蓋をしたのをはこんできた。僕より若そうなウェイターはフォークとナイフを使って、目の前の皿にチキンライスをうやうやしく盛りつけてくれた。

「ポール・ギャリコって『リリー』の原作者でしょう」

「そう、レスリー・キャロンが主演した」

「原作も読みました。『七つの人形の恋物語』」

「君も勉強してるんだね」

大沢さんに褒められて、沙知は顔を赤らめた。お化粧しなさいと僕が言っても、沙知は化粧しない。

「そんな」

沙知は照れて言った。それから、僕たちはチキンライスを食べはじめた。大沢さんはときどきスプーンをおいて、沙知が食べるのをじっと見た。友人の娘が僕のような失業者同然の、将来どうなるかわからない男といっしょなので、行く末を案じたのかもしれない。

沙知も僕もよく食べた。彼女は大沢さんを見て、なんども美味しいわと言った。僕は、こんなに美味しいチキンライスははじめてですと言いたかったが、なぜか言いそびれてしまって、あとで悔やんだ。なんでも正直に言えばいいのに、そのころは素直ではなかった。

食べおわって、珈琲を飲んでいるとき、沙知はたずねた。

「ベーブ・ルースは本当にセンターを指さしたんですか」

「僕の調べた結果では、ギャリコが、ルースは指を二本つきだしたと書いてるし、ルース本人も指さしたとあるスポーツライターに語っているんだから、それを信じるしかないだろうね。僕自身は半信半疑なんだ。ただ、ベーブ・ルースだから、こんな伝説も生れるんだね」

僕は西七十丁目一二〇番地の「下宿」でスコアブックをひろげながら、ラジオに聴きいる大沢青年の姿を想像した。そのころから黒眼鏡をかけていたのだろうか。

「いまもそのスコアブックを持ってるんだよ。僕の家へ来てくれたら、見せてあげるよ」

大沢さんは僕の顔を見て言った。僕は、沙知といっしょに訪ねてきなさいという意味にとった。大沢さんのお宅は世田谷にある。

「このパーラーは何年ぶりかしら」

沙知がひとりごとのように言った。

「青山の中等部にはいったとき、母に連れてきてもらったことがあるんです」

「お父さんとは」

大沢さんが訊いた。

「いいえ」

テーブルを立つとき、僕たちは礼を言い、大沢さんのうしろから階段をおりて、外に出た。じゃあ、ここで失礼すると大沢さんは言い、歩道の先に停っていたオースチンのほうへ歩いていった。自分でドアを開けて、僕たちに手を振ると、運転手が車をスタートさせた。大沢さんが運転手つきの車を乗りまわしているのだった。

沙知と僕は牡丹園で夕食に焼そばを食べた後、映画を観るつもりで、日比谷のほうへ泰明小学校の前を歩いていた。まもなく沙知は子供の芝居で東北地方に出かける。そうすると、二月は会えないし、映画も観られないし、旨い珈琲も飲めない。

「大沢さん、急いでたわね」

沙知は、大沢さんが今日は失敬するよと急ぎ足で去っていったことを言っているのだった。大沢さんのような人は夜のつきあいがあるのを、酒を飲まない僕は知らなかったから、先日は優しかったのに、今晩はすげないのではないかという気がしていた。

大沢さんはきっと誰かと待ち合わせていて、時間に遅れそうになったために急いでいたのだろう。私は約束の時間に遅れることはめったにないと大沢さんがエッセーに書いたのを読んだことがある。

僕たちはしばらく無言で歩いた。夜気がひんやりとして気持がよく、夏が去っていくのを肌で感じていた。

今野君、とうしろから名前を呼ばれたような気がした。僕たちがちょうどガード下にはいったときで、頭上を電車が走りすぎていった。

振りかえると、そこに大沢さんが立ちどまって僕たちを見ている。背は高いけれどほっそりした、髪の長い娘がその横にいた。大沢さんよりも背が高いし、丸顔である。眉が濃く目の大きな美少女といっていい。

大沢さんの娘ではないだろう。大沢さんご夫婦には子供がいなくて、世田谷のお宅には猫が十数匹いついていると聞いている。

美少女は大沢さんに似ていなかった。大沢さんは彼女を僕たちに紹介しなかった。かるく手を上げると、帝国ホテルのほうへ行ってしまった。

「あのお嬢さん、きっと宝塚よ」

沙知が言ったので、僕はうなずいた。僕が想像していた宝塚少女歌劇団の生徒と彼女の顔かたちや雰囲気が一致していた。

美少女が田島やよいといい、大沢さんの亡くなった親友の娘であることを知ったのは、それから数年たったころである。大沢さんのお宅を訪ねたとき、やよいさんが玄関に現われ、あとで本人から聞いたのだ。大沢さんがわが子のように彼女を可愛がっているのは僕にもわかった。大沢さんは宝塚の大ファンだったのだ。

しかし、沙知と二人で日比谷で映画を観る前に、僕たちは田島やよいについていろんな想像をめぐらしていた。ただ一つ当っていた想像は、やよいさんが宝塚の生徒であることだった。

「黒眼鏡の先生、もてるのね」

沙知がそう言ったとき、以前にも同じことを口にしたのを思い出した。沙知は、僕が翻訳の名人とひそかに思っている吉田さんについて、もてるのねと言ったのだった。

「だから、大沢さんは翻訳がうまいんだよ」

僕はつい言ってしまったが、もちろんそうではないことを知っていた。女にもてることと、翻訳がうまいということとはまったくちがうことで、この二つのあいだに関係はない。翻訳者というのはいつも翻訳ばかりしているわけじゃないんだよ、と沙知に言った。大沢さんのように、資生堂パーラーでチキンライスを食べたり、猫を十何匹も飼ったり、宝塚の美少女を連れて、銀座を歩いたりという生活がある。

「あなたも大沢さんのようになりたい」

沙知が不安そうに、そしてからかうようにたずねた。

「僕が大沢さんになれっこないじゃないか。それに、黒眼鏡をかけるつもりもない」

「あれは大沢さんのトレードマークね」

大沢さんは目が悪いのだった。目を保護するために、黒眼鏡をかけている。ほかの人だったら似合わないだろうが、銀髪の端正な顔は黒眼鏡とうまく調和していた。

「要するに大沢さんは女性が好きなんだ」

沙知が断定したので、僕は吹きだしてしまった。笑いながら、僕は言った。

「大沢さんは紳士だよ」

「紳士も狼になります」

これは僕たちのゲームだった。知り合ってから三年になり、はじめのころとちがって、話題が尽きかけてきていた。

しかし、沙知と他愛のない話をしながら歩くのは楽しかった。手の届くところに、好きな女がいるというのは、僕には何ごとにもかえがたいように感じられた。そのためにも、早く翻訳者として一人前にならなければといつも思う。

大沢さんは、僕は勉強が好きでね、と言った。忘れていたけれど、勉強する子が好きだとも言っていた。

大沢さんを知ったのは、幸運に恵まれたからだと思う。今夜もできれば大沢さんのお話をうかがいたかったけれども、それは虫がよすぎる。またという機会がある。銀座をぶらついていたら、イエナで沙知を待っていたら、偶然にきっと会えるだろう。

「私、出しゃばりだったかしら、大沢さんにあなたを紹介したりして」

沙知に言われて、そんなことはないと僕は答えた。君は僕のためにチャンスをつくってくれたんだ。

「そうだといいんだけど」

映画を観るのよそうかと僕は提案した。高田馬場に帰って、沙知と二人きりになりたかったのだ。

「帰りましょうか」

沙知も言った。僕たちは東京駅まで歩いた。もう汗をかくこともなかった。

「大沢さんのどこが好き」

沙知が訊いた。

「服装がいいね。それに、女にもてるところかな」

「翻訳者としては、大沢さん、お金持ね」

そこが好きだと僕が言うと、沙知は僕の手をぎゅっと握った。その意味は僕には痛いほどわかった。

喫茶店の老人

白ばらという喫茶店で老人はいつもスポーツ新聞か週刊誌を読んでいた。午後二時ごろ、僕が白ばらに行くと、早稲田の学生のほかに、たいてい老人がいて、缶入りのピースを喫いながら、この店においてある新聞雑誌に目を通していた。

僕はこの喫茶店よりも、高田馬場の駅の向うのユタをひいきにしていた。ある時期はほとんど毎日ユタでモーニングサービスを食べ、スポーツ新聞と週刊誌を読んだ。こういうものは駅の売店なんかで買って読むものではなく、喫茶店で無料で読むべきものだと僕は思っていた。

朝の九時ごろ、ユタに行くと、真新しいスポーツ紙や発売されたばかりの週刊誌が揃っていた。それを読みながら、僕はミルク珈琲を飲み、うっすらと焦げめのついたトーストにマーマレードをつけて食べた。

白ばらは高田馬場の山手線と西武線のガードをはさんでユタとは反対側にあって、僕が住んでいる長屋から近い薪炭店と通りをへだててあった。もし白ばらがユタよりも早く店を開けていたら、ここに通っていたかもしれない。

白ばらでは面長と丸顔の美人の姉妹がはたらいていた。目と鼻が似ていて、どちらも化粧が濃く、色の薄い光る口紅を引いていた。二人いっしょのところに出くわすことはめったになかったが、どちらか一人にはかならず会えた。

白ばらの開店は十時で、そのかわり夜は十二時近くまで営業していた。徹夜で翻訳をつづけるつもりで、十一時近く眠気ざましのために、白ばらへ珈琲を飲みにいくと、薄暗い店内に姉のほうの面長の白い顔が浮んでいるように見えた。艶のある髪が少し乱れ、口もとが白っぽい口紅のせいか、けだるそうな感じがただよい、喫茶店のウェイトレスの仕事は大変なのだと僕は同情した。

夜ふけまで営業している店は、駅前を除けば、白ばら以外になかったし、僕も夜おそくに白ばらへ行くことはあまりなかった。酒を飲まない僕は、結婚を約束した沙知を彼女の家まで送っていくときか、映画を観たときを別にすれば、夜になると、家にこもっていた。友達もいなかった。

白ばらに毎日来ているらしい老人にははじめは気づかないでいた。日中の白ばらは明るいのだが、客はたいていその老人のほかに学生が二人か三人ぐらいで、がらんとしていた。テーブルにピースの缶がおいてあるので、今日も来てるなと思うようになったのである。

そこでおそまきながら、老人の顔や服装に注目しはじめた。

茶系統のツイードのジャケットに、折目のついた焦茶色のズボン、がっしりした茶色の靴をはいていた。僕のように短くした髪は白いものがまじり、しわになったスポーツ紙を読むときは眼鏡をかけるのだった。常連だから、姉妹のウェイトレスのどちらとも親しげに口をきき、姉のほうをミサちゃん、妹をアッコちゃんと呼んでいた。

老人もひとりぼっちで、僕と同じく時間をもてあましているように見えた。僕とちがうところは、彼がお金に困っていないような、おっとりした印象をあたえることだった。

しかし、僕は老人よりもウェイトレスの姉妹に関心を持っていた。化粧など必要ないのに、それも濃く化粧しているのが異様に思われて、つい彼女たちの顔に目が行くのだった。沙知という恋人がいても、白ばらで姉妹に会うのが楽しみになっていた。

冷えてきたある夜おそく、沙知を送って高田馬場にもどってくると、店を閉めた白ばらの前で姉が僕より年上とわかる、三十ぐらいのがっしりした体軀の男と立話をしていた。男は彼女の肩に手をおいていて、女のほうは彼の浅黒い顔を見上げていた。

やがて、二人は歩きだし、歩道ぎわに駐めてあったちっぽけなルノーの前で立ちどまり、男がドアを開けて、彼女を乗せたのち、駅のほうへ走り去った。僕はがっかりしたが、一方でしごく当然だという気もした。彼女のけだるい美しさはルノーを運転する男にぴったりと合っていた。

そのとき、老人の顔がふと頭に浮んできた。僕が見たものを彼は知っているだろうかと思ったのだ。新聞や雑誌を読んでいないとき、老人は姉妹を観察するようにじっと見ていた。顔ばかりでなく胸や腰や脚、そして爪先まで舐めるように見ているのが、老人の視線からわかった。かすかに笑みを浮べ、眉が下がっていた。僕が珈琲を飲んでいるのも目にはいらないようだった。

しかし、ひと月のあいだになんどか顔が合うようになって、老人は僕の存在に気がついた。僕がかるく頭を下げると、彼は笑顔を見せたが、老人の席は店の奥、僕は入口に近いテーブルで、そのあいだに四人掛のテーブルが六つか七つ並んでいたから、言葉をかわすことはなかった。僕は白ばらに来ると、暇つぶしに文庫を読んでいた。

老人と口をきくつもりはなかったが、十月はじめのある日の午後、偶然にも銭湯でいっしょになってしまった。二軒長屋にはもちろん風呂などなかったので、僕は歩いて二、三分の杉乃湯に行っていた。それも、たいてい午後の三時か四時ごろで、その時分だと湯もきれいだし、人もいなかった。

その日は沙知が訪ねてこないうちにと思って、杉乃湯にタオルと石鹸を持って出かけた。すると、老人が頭にタオルをのせ、こちらに向いて、湯につかっていたのだ。僕がお辞儀をすると、老人は笑って言った。

「よく会いますね」

昨日の午後は白ばらで顔を合わせた。ウェイトレスはまだ妹しかいなくて、老人はアッコちゃん、アッコちゃんとなれなれしく呼んでいた。

僕が湯につかると、老人はすっと寄ってきて、平岩という者ですと自己紹介した。僕も自己紹介し、白ばらと通りをへだてた薪炭店の裏の長屋に住んでいると言った。

「じゃあ、近いね。あの炭屋さんからちょっと行ったところに古本屋があるでしょう。私はその裏のほうに住んでるの。でも、近くに住んでいながら、白ばらでしか会わないなんて不思議だねえ」

平岩さんが白ばらのウェイトレスを見るような目を向けてきたので、僕は恥かしくなり、風呂からあがって、身体を洗いはじめた。風呂は好きだし、いまごろの杉乃湯もまだ清潔な匂いがして好きだけれど、その日は早く出たかった。

僕が背中を洗っていると、平岩さんがとなりにすわって、タオルに石鹸をつけた。石鹸はラックスである。

目の前の鏡のなかで平岩さんは微笑を浮べると、煙草のやにで汚れた歯が見えた。年齢は五十をとうに過ぎているだろうか、そのわりには身体が締まっていて、腹も出ていない。ふと手を休めて、僕の肩のあたりをじろじろと見た。

「痩せてるねえ。五十キロないでしょう」

はあ、と僕は言ったのだが、平岩さんはなおも見るのをやめなかった。僕は、しまったと思い、背中を洗うのをやめて、左の上腕をごしごしこすった。そこに痣のようなキスマークが残っていたのだ。胸にも一つあったが、それは平岩さんも気がつかなかったらしい。

「隠さなくてもいいよ」

平岩さんは右腕を洗いながら言った。

「勲章みたいなものですよ。私は、君が白ばらの姉妹のどっちかを狙ってると思ってた。恋人がいるんだね」

はじめて口をきいたのに、いやなことを言う爺さんだと思った。顔が真赤になるのがわかったけれど、僕は背中をまた洗い、ついで股間や腿に移った。足の裏も洗ってから、杉乃湯へは毎日ですかと訊いてみた。

「ここと白ばらは毎日ですね。君は？」

一日おきです、と答えた。いままでにも会っていてよさそうなものだけれど、来る時間がちがっていたのだ。夏には僕は毎日来ている。

「学生さんでしょう。大学院にでも行ってるの？」

「いいえ」

「じゃあ、いいご身分だ」

顔を洗いたかったが、そのきっかけをつかめなかった。昼間から銭湯に来られるなんて、たしかにいいご身分で、しかし、その点では平岩さんもおんなしだろう。

鏡を見ると、平岩さんは腹のあたりを洗いながら、考えているふうで、分別くさい老人の顔になっていた。僕は素早く顔を洗った。あとはきれいな湯につかって、十分にあったまったら出るだけである。ただ、いいご身分だなどと冷やかされたので、こっちも何か言ってやりたかった。

「平岩さんは悠々自適というところですか。それとも晴耕雨読とか」

「そんなそんな」

平岩さんがあわてたように手を振ってみせた。

「そう見えますかね」

「はあ」

「私はしがない翻訳者ですよ」

翻訳家の名前なら僕はたいてい知っている。宇野利泰、大久保康雄、中村能三、清水俊二、村崎敏郎、……。年齢からいえば、平岩さんはこれらの翻訳者と同じ世代だろう。どんなものを翻訳したのか訊いてみた。ディクスン・カー、クリスティー、クロフツ、……平岩さんの口から英国推理作家の名前がすらすらと出た。

僕はにわかに敬意をおぼえて、推理小説、とくに最近はハードボイルドが好きだと申しあげた。しかし、平岩という翻訳家の名前は知らなかった。

「ペンネームを使ってるんだよ。本名じゃどうにも恥かしくてね」

平岩さんは恥かしそうにペンネームを教えてくれた。こんどは僕が打明ける番だったので、たぶん来年には僕の名前で訳書が出るだろうと言った。僕としては精いっぱいの見栄を張ったのだ。その話はまだ確定はしていなかったが、僕は翻訳家ですとは僕も言えなかった。

「なんだ、同業じゃないか。こっちがロートルで、そっちは新進気鋭。仲よくしよう」

平岩さんが手を差しだしたので、僕はその手を握った。銭湯で、二人ともすっぱだかだったから、握手も平気でできたのだろう。平岩さんの手はやわらかかった。

平岩さんとユタに来ていた。僕がいっしょにモーニングサービスを食べましょうと誘ったのである。保険の外交員をしている平岩夫人が会社の慰安旅行で熱海に行った翌日の朝だった。杉乃湯で会ってから十日ほどたっていて、その間にも白ばらで顔を合わせている。

平岩さんの上着とズボンは、白ばらで注目するようになってからいつも同じだった。ただ、シャツの色や柄は会うたびにちがっている。そのことを沙知に話すと、お洒落なのよと彼女は言った。焦茶色のツイードの上着もズボンもいくつか持っているにちがいない。沙知にそう教えられて、平岩さんに会うと、なるほどと思ったが、ピースの缶を持ちあるくのは、お洒落という印象をぶちこわして、気障に見えた。

ユタには電車通りをへだてた小学校の屋根の上から陽がさしていた。朝に陽があたる喫茶店は僕の好きなものの一つだ。店のなかが暗い喫茶店が多いから、いっそうユタや渋谷の井の頭線の階段をおりてきたところにあるトップが好きなのだろう。

平岩さんは窓ぎわのテーブルにすわると、一瞬まぶしそうに顔をしかめ、ピースの缶から一本抜いて、マッチの火をつけた。すすめられて、僕も一本いただいた。

ユタがはじめてらしく、平岩さんは明るい店のなかを見まわした。高いカウンターの向うでは真白なコック帽をかぶった主人が、朝の忙しさも過ぎて、放心したように入口のほうに目を向けている。小柄なウェイターが注文をききに来たので、僕はモーニングサービスを二つと頼んだ。

「白ばらより品がいいね」

平岩さんが感心してみせた。

「でも、色気がない」

「白ばらとはちがいますよ」

「私はああいうくずれたような感じのする店が好きでね。あの姉妹のウェイトレスだって美人だけれど、くずれた感じがしないかい」

「お化粧が濃いですね」

「そう、厚化粧。でも、ああいうの、私はわりと好きでね。こないだ、アッコにもっと口紅を濃くってすすめたら、いやだって言われた」

平岩さんが僕を後輩の若僧とみないで、友達扱いしてくれるのがうれしかった。五十三歳と二十六歳である。

「あの二人には悪い男がついてる」

秘密めかして平岩さんが小声になった。やっぱりそうですか、と僕はいつか姉のほうが逞しい男といっしょにいたのを思い出して言った。

「知ってたの」

いやいや、と僕は手を振って否定した。平岩さんから詳しく話を聞きたかった。

そもそも平岩さんが白ばらに行くようになったのは、店のなかにスポーツ新聞や週刊誌が並んでいるのが窓から見えたので、珈琲を飲みながら読むつもりになったからだという。そこに美佐子と亜津子がいて、毎日通うようになった。姉妹の名前を僕に教えてくれたとき、平岩さんは、私も物好きだねえ、と苦笑をもらしている。スポーツ新聞や週刊誌を読むのは好奇心を失わないためだと弁解した。そして、どんなものを読んだって、翻訳の勉強になるんだよとつけ加えた。活字を読むことはすべて翻訳の勉強になるというのが平岩さんの持論だった。

「美佐子の男はヒモみたいな奴なんだ」

平岩さんは小声でつづけた。

「彼女ははたらかされてるんだよ」

「わからないもんですね」

「ああ、世の中はわからない。あんな男のどこがいいんだ。それでも、玉のコシにだって乗れそうな女が惚れてる。ただし、男はのらくら遊んでいるが、いい家の息子だそうだ」

「つまり、プレイボーイですか」

一九五三年に創刊された「プレイボーイ」という男性雑誌がそれから三年たち、渋谷百軒店の古本屋にも流れてきて、店頭に飾るとすぐに売れてしまった。僕も毎号買っていた。それで、プレイボーイという言葉が僕の口からするりと出たのだと思う。

「そう、プレイボーイだ」

平岩さんが相槌を打った。煙草の灰が落ちそうになっているのに気づいて、煙草を灰皿のほうにそっともっていった。

店のなかは客はあらかたいなくなって、ほかに男二人がべつべつのテーブルでスポーツ紙に目を通しながら、トーストを食べている。スピーカーからピアノ演奏の「ラ・メール」が低く流れていた。これが終ると、つぎは「ばら色の人生」だ。なんども聞いているから知っている。シャンソンとフランス文学が流行していたのだ。

「妹のほうはどうなんですか」

可憐な感じがする丸顔の亜津子を僕は思いうかべた。どちらかといえば、妹よりも面長の姉のほうが好きだったけれど、亜津子とは口をきくことができた。といっても、今日は寒いねとか、眠いとかいったことである。姉妹が住んでいるところは亜津子から聞きだした。深川だという。僕は上京して七年になっていたが、まだ深川を知らなかった。

「亜津子にもよくない男がついている。どうしてあんな男とくっついちゃったのか。やくざというより、チンピラといったほうがいいかな」

本当ですか、と思わず言ってしまった。

「まちがいない。だから、気の毒なのさ。二人ともどこでまちがえちゃったのかなあ。考えてみれば、姉は二十四、妹は二十二だから、私の娘といってもおかしくない。でも、正直に言うとね、抱いてみたい気もする」

モーニングサービスが届いた。いつからどうしてモーニングサービスなんていう名前がついたのだろう。珈琲一杯が五十円だが、朝の十時ごろまでトーストのおまけがつくから、モーニングサービスということになったのか。

二人ともミルク珈琲に砂糖を入れて飲んだ。バターを塗ったトーストにはマーマレードがついている。平岩さんは一口食べて、旨いねというように僕を見た。僕は平岩さんとささやかな秘密を共有したような気がした。

トーストを食べているあいだ、二人とも無言だった。僕の翻訳は着々とすすんではいたが、出来についてはまるで自信がなかった。もっとうまい訳し方があるのではないかというおもいがつねにあって、鬱陶しい日々を送っていた。だから、のんびりと構える平岩さんに会っていて、気持がいくぶん楽になった。

「でもね、私だってあの姉妹のことはとやかく言えない」

　平岩さんは三枚のトーストを食べてしまって、ミルク珈琲を飲んでいた。

「女房をはたらかしているのだからね。女房のほうが私より収入が多い。私は残念ながら髪結の亭主だよ」

「結婚されたのはいつですか」

「もう二十年になるかなあ」

「お勤めになったことはないんですか。なんだか身元調べのようで申しわけないですが」

「なにも恐縮することはないさ。二年勤めたかな。ただ、肺をやられてね。兵隊にとられないですんだけれど、女房に養ってもらって、ほそぼそと翻訳の仕事をしていた。戦争中は仕事がなくてね、少しあった遺産をくいつぶしちゃった」

「戦争中はどうなさってたんですか」

「母親の実家に女房と二人で疎開して、毎日本ばかり読んでいた」

　羨しいような生活ではないかと思った。どんなものを読んでいたのですかとたずねた。

「戦前に買ってた英米の小説類だね。おぼえているのは、これは小説ではないが、丸善で取り寄せてもらったハーバート・アズベリーの『ニューヨークのギャング』というギャングの歴史でね。わけもわからずに読んだんだが、面白かった。アメリカって不思議なくにだねえ」

「アメリカのミステリーは翻訳なさらないんですか」

「やりたいけれど、私には無理だろう。英国の古いものをこれからもやってゆければ、それで満足だよ。翻訳者なんて落伍者だからね。ま、女房みたいな女がいたから、私のような者でも生きてこられた」

　平岩夫人にはまだ会っていなかった。朝早く出かけて、帰宅は七時か八時になるそうだし、日曜日は一週間分の洗濯や掃除で忙しいと聞いていた。平岩さんが家事を手伝うことはなかった。平岩さんより三つ年上だという。

　平岩夫人はいい奥さんなのだ。世話女房。そのことを言うと、平岩さんはひどく照れて、話題を変えた。

「ところで、君はどうなの。沙知さんはいつ帰ってくるのかね」

　沙知が子供の芝居で東北地方をまわっていることは平岩さんに話してあった。まもなく帰るので、白ばらかユタで紹介するつもりでいた。

「沙知さんも、君には悪いかもしれないが、考えてみれば気の毒だな。私みたいな翻訳者と結婚するんだから。いまどき珍しい女だね」

　僕が苦笑する番だった。平岩さんもにやにやしている。なぜかこの朝の、一九五七年十一月の、陽の光がユタの窓から降りそそぐ朝のことをいつまでも忘れないような気がした。

平岩さんの姿に僕の未来をかいまみたようだったのだ。といって、髪結の亭主になるつもりはなかった。ただ、五十を過ぎたとき、僕も白ばらみたいな喫茶店で珈琲を飲みながら、スポーツ紙や週刊誌を読み、ウェイトレスに言葉をかけて、暇つぶしをするのではないか。それは僕の願望かもしれなかった。ひっそりと無事に、そして気ままに暮してゆきたいという願望。

平岩さんは神田の出版社に用があるとかで、僕を一人残してユタを出た。背筋をピンとのばした、その後姿に粋な感じがあって、彼のなかに僕の未来を見たような気がしたのは、錯覚だったということがわかった。平岩さんは三代もつづいた東京の下町の旦那であり、僕は根無し草のような田舎者でしかない。

ユタにはそれから三十分もいて、スポーツ紙を丹念に読んだ。長屋にもどったら、翻訳に精を出すつもりでいた。

旅公演を終えて帰ってきた沙知を連れて、夕食後に白ばらに行った。白ばらで平岩という老翻訳者に会ったことを話すと、沙知がぜひ行きたいとせがんだのである。沙知は旅先で風邪をひいたためか、細いからだがいっそう細くなっていたが、あいかわらず元気だった。

「暗い喫茶店なのね」

白ばらにはいるなり、沙知が言ったので、僕は日中は明るくしてあると説明した。姉の美佐子は早番で帰ったあとらしく、妹の亜津子が注文を聞きに来た。珈琲を頼んだ。

平岩さんがすわる奥のテーブルに僕たちはいた。沙知からは店全体が見えるけれど、僕からは沙知とそのうしろの壁しか見えない。はいるときに気がついたのだが、亜津子の立っているカウンターの横のテーブルに若い男が一人でいた。角刈で目つきが鋭いので、もしかしたら平岩さんの言った、あの男かと思った。

「なんだか気味が悪い」

沙知が顔を近づけて囁いた。亜津子にくらべると、稚《いとけな》く見えた。

「でも、ウェイトレスは綺麗な方ね。丸顔だから、亜津子さんでしょ。お化粧が上手、あの白っぽい口紅、流行なのよ」

ときどきハンバーグライスを食べる喫茶店兼レストランの大都会で食事をしていたときも、沙知はよく喋ったが、白ばらでも彼女のお喋りはとまらないようだった。ひと月ぶりに東京に帰ってきて興奮しているのだった。

珈琲をはこんできた亜津子は沙知を見て、微笑を浮べた。沙知も笑顔で彼女を見た。平岩さんは僕に恋人がいることを亜津子に話したらしい。平岩さんに銭湯で会ったあと、白ばらの姉妹は僕に親しみを見せるようになっていた。亜津子は、いつ帰ってくるのと沙知のことをたずねた。

しかし、喫茶店なんて近すぎると、かえって行きにくいものだ。白ばらよりユタに行くのが多かったのは、ユタがはなれたところにあるということもあった。また、白ばらが夜になるとなんとなくあやしげな場所に変るということもあったろう。

化粧の濃い亜津子は、どうぞごゆっくりと言って去っていった。沙知は珈琲を飲んで、美味しいと言った。ユタやトップに負けないくらい。

「今夜は平岩さん、ここにいらっしゃらないかしら」

来ないだろう。いまごろは奥さんの手料理を食べているところかもしれない。それとも、食事が終って、缶入りのピースを喫っているか。夜の高田馬場を歩いても、このあたりは暗いばかりでつまらない。

うしろのほうから男のぼそぼそ言う声が聞こえてきた。客は僕たちのほかに、その男一人だから、亜津子に言っているのだろう。沙知が見ていたが、僕はふりかえらなかった。

突然、沙知がからだを強ばらせて、あっと声をあげたとき、顔を殴ったような音がした。僕はふりかえってみた。男が亜津子を殴ったのだった。沙知は立ちあがっていた。

「何をするのよ」

亜津子がどなった。顔に似合わない、捨鉢な声だった。男はもう一度、亜津子の顔をなぐった。亜津子は無抵抗に顔をさらしている。アイシャドーの濃い目から涙が流れおちた。

「出てってよ」

押し殺した声で亜津子は言った。

「出てってよ」

「おまえが悪いんだ」

いくらか冷静になった男が言った。

「どうしてあいつなんかと寝たんだ」

「嘘よ、そんなこと。誰に聞いたのよ」

「誰だっていい」

「嘘っぱちだわ。出てってよ」

沙知は僕の肩につかまって震えている。僕にしても、若い男と女が喧嘩するのを見たのははじめてである。ただ、僕は亜津子の顔ばかり観察していた。

男がもう一度手を上げかけたとき、沙知が叫んだ。

「やめて」

男は驚いて、僕たちのほうを見た。目つきが鋭くて人相が悪い。目をほそめ、低い声で沙知に言った。

「口出すな」

沙知は諦めなかったし、もう震えてもいなかった。僕は顔面蒼白だったかもしれない。

「やめて。やめないと、警察を呼ぶわよ、いいこと」

カウンターの横のドアが開いて、割烹着のおばさんが出てきた。珈琲を淹れたりトーストをつくったりするひとで、めったに顔を見せない。

「久保さん、今夜は帰って。お客さんもいることだし」

おばさんの声に威厳があった。男はふりあげた手をおろした。おばさんと睨みあっていたが、やがて、悪かったとあやまった。亜津子は横を向いて泣いていた。

おばさんは久保という男から目をそらさなかった。怖い目だった。彼女の前では男がいかにもチンピラに見えて、勝負がついてしまったのがわかった。男は未練がましい一瞥を亜津子にくれてから、肩をいからして出ていった。おばさんは亜津子に声をかけることもなく、ドアを開けて奥に引っこんだ。

沙知は席にもどって、亜津子のほうを気の毒そうに見た。僕は男が言ったことと亜津子の言ったことを考えた。どっちがほんとうなのか、興味があった。亜津子は僕たちの横を通って化粧室に消えた。

ここに平岩さんがいないのが残念だった。平岩さんは、亜津子にはよくない男がついていると言っていた。それはやはり事実だったのだ。

沙知は急いで珈琲を飲んだ。こんな店には長居は無用だと思ったらしい。しかし、亜津子は化粧室からなかなか出てこなかった。そのうちに、若い男が二人、店にはいってきて、入口の近くのテーブルにすわった。

亜津子がようやく姿を現わしたとき、ついさっきの出来事などなかったかのように美しく化粧していた。綺麗ねえ、と沙知が溜息をついたほどであるが、その溜息が僕にはわざとらしく、そして女優らしく聞こえた。演技としては見えすいている。

亜津子が新しい客の注文を聞いているあいだに、沙知と僕は立ちあがった。勘定を払うとき、亜津子は、すみませんと沙知に頭を下げた。沙知が、頑張ってねと亜津子を励ました。僕は亜津子の素顔を見たくなった。化粧で隠れているが、素顔はまだ泣いているような気がしたのだ。

歩道に出て、高田馬場駅まで行くあいだに、沙知は訊いた。

「どっちが真実を言ってたのかしら」

「さあ」

僕にはわからなかったけれども、亜津子の言葉が本当であってもらいたいと思った。彼女が浮気な女であってもらいたくなかったのだ。顔と同じく、性質も可憐であって欲しいと願っていた。沙知に、どう思うかとたずねた。

「あのやくざみたいな男の人の言ったこと、あれはほんとなんじゃないかしら。でも、証拠はないのだから、私の勘よ」

沙知の勘が当っているような気がした。僕は女といえば沙知しか知らなかった。

まだバスがあったので、駅前から東中野行に乗った。東中野駅で浅川行の電車が来るのを待った。夜気が冷えてきていて、セーターとジーンズの沙知に僕のレインコートを着せた。

小金井の家に帰りつくまで、沙知は旅の報告も忘れて、白ばらと亜津子の話ばかりしていた。あんな出来事なんて東京でしか起こらないわと言った。

それから数日して沙知を送っていったあと、僕は再び中央線に乗って、新宿でおりた。山手線に乗り換えて、高田馬場に帰るのだったが、時刻もおそく、山手線の電車はなかなか来なかった。本を読もうと、僕はベンチを探した。すると、ベンチの一つに美佐子が一人ですわっていたのだ。白っぽい口紅をつけていて、その横顔に僕は見とれた。人を待っているというようすではなかった。顔を動かすことなく、視線は前方に向けられている。しかし、何も見てはいないようだった。僕がすぐ近くにいるのに、彼女は気がつかなかった。

あのルノーはどうしたのかと思った。いつかの夜のように、いまごろは彼女はルノーに乗っているはずではないか。

プラットフォームに人が増えてきた。みんな男で、たいてい赤い顔をしている。僕も酒が飲めればいいのに、と羨しく思った。僕はビール一杯で顔が真赤になり、胸が苦しくなり、気持が悪くなるのだった。

平岩さんだったら、すぐに美佐子に声をかけただろう。男といっしょじゃないのかいとあっさりたずねたかもしれない。僕にはそれができなかった。

　七番線と八番線のプラットフォームがしだいに騒々しくなってきても、美佐子がすわるベンチのあたりはひっそりとして誰も近づかなかった。遠まきにして美佐子を見ているように思われた。僕もその一人だった。

やっと七番線に山手線外回りの電車が到着するというアナウンスがあって、美佐子が立ちあがった。そのとき、僕がいるのに気づいて、美佐子はかすかに笑みを浮べた。さびしい笑顔だった。そして、僕に近づくと、舌をぺろりと出して、ふられちゃったのと言った。でも、あんな奴、と呟いた。

　いっしょに電車に乗ったのだが、混んでいたので、美佐子からはなれてしまった。高田馬場でおりたとき、美佐子の姿はどこにもなかった。翻訳にも、いくら辞書を引いたってわからない単語や成句や文章があるように、亜津子や美佐子は一生わかることのない謎になるだろうと僕は思っていた。

新しい友人

仲間がいなくて淋しいおもいをしたことはなかったと思う。ただ、自分を変な奴だとは思っていた。世の中からいつも外れているように感じていた。

沙知が東京にいないときは、何日でも口をきかないでいた。ときにはそれで息苦しくなることもあったが、たいていは平気でいられた。

友だちができなかったのは、大学を出てから下訳生活が長くつづいたからだろう。僕の周囲にも翻訳で食ってゆきたいというのが三、四人いた。僕が大学を出た昭和二十九年というのは就職難の一番ひどかった時期で、小学校の教師を希望しても、就職できなくて一年浪人した同級生もいる。

片倉謙二もそういう一人で、僕にすすめられて、しばらく下訳の仕事をした。けれども、伝手《つて》を頼って就職し、うだつのあがらぬ下訳の世界から去っていった。こうして、一人去り二人去りして、僕だけが残り、なんとか翻訳者の端くれになったので、この職業は脱落のゲームではないかと思った。

べつに才能や素質があったから、翻訳者になったのではなく、自分一人を除いて、誰もいなくなったから、たまたま翻訳者になれたのにすぎない。根気だけで、なんとか一人前になれた。

こういう話をすると、沙知はそんなに卑下することはないと言う。卑下しているのではないと言っても、彼女は納得しない。

僕に友だちがいないことも沙知には理解できなかったらしい。沙知は僕と知り合ってから、つぎつぎと自分の友だちを紹介したが、僕のほうは高校で同級生だった、新聞社の営業部に勤める渋沢拓郎を沙知に引き合わせただけだった。

「淋しくない？」

沙知の質問に僕は苦笑いを浮べた。

「中学のころから友だちは少なかったんだ」

大学を出てから五年たって、四谷若葉町の六畳一間のアパートに沙知と所帯を持ったころ、沙知の属する劇団の仲間がしばしばやってきた。僕が勤めから帰ると、沙知の友だちが一人か二人は来ていた。料理の上手な劇団員が一人いて、彼が訪ねてくると、クジラの肉なんかを買ってきて、生姜醤油につけ、夕食にそれを美味しく焼いてくれた。

しかし、沙知が旅公演で一ヵ月から四十日、アパートを留守にすると、その間訪ねてくる人はいなかった。僕は夕方、会社が退けると、途中で食事をすませ、家に帰って、ラジオの音楽を聴きながら、アルバイトの翻訳に励んだ。

朝は何も食べずに家を飛びだした。食欲がなくて、まだ痩せていた。

田頭《でんどう》村は雪です、と東北の田舎町を巡業する沙知から手紙をもらった日、アパートに帰ってから、四谷三丁目のかつ新へとんかつを食べに行った。沙知とときどき行っている店だった。

その帰り、銭湯にはいり、アパートにはいる路地のところで、うしろから名前を呼ばれた。振りかえると、薄汚れたトレンチコートを着た背の高い、年齢が僕と同じくらいの男が寒そうに立っていて、人なつこい微笑を浮べていた。

「望月です。望月淳治です」

望月淳治という翻訳者の名前は知っていた。仕事は遅いけれど、巧いという評判である。そういう男がこのあたりをうろついていたので、僕は少しばかり驚いた。それが顔に出たのかもしれない、彼はいっそう人なつこい笑顔を見せて言った。

「お茶でも飲みませんか」

お茶といっても、このへんに喫茶店などない。通りは暗く、人通りも車の往来も少ない。若葉町の近辺は夜になると淋しいところである。都電の音がうるさいだけだった。

風呂から出たばかりなので、僕は風邪をひかないように早くアパートへもどって、炬燵にでもはいりたかった。それに、寒そうにしている望月を見ていると、僕まで身体が震えてきそうだった。

「以前から会って、お話ししたかったんですよ」

望月は言い、トレンチコートのポケットからピースをとりだし、マッチで火をつけた。僕は手にしたタオルと石鹼に目を落とした。いっそアパートに連れていこうかと思ったけれど、初対面の男を案内するのはためらわれた。六畳一間だから、沙知と僕の生活がいっぺんでわかってしまう。

じゃあ、ちょっと、と僕は言って、四谷見附のほうへ歩きはじめた。その近くになら、新しくできたロンという喫茶店があるのを知っていた。

並んで歩いていると、望月の背の高いのがあらためてわかった。少し猫背だった。

「コカジでお見かけしたことがあったんですよ」

望月は僕を見おろして言った。口調が優しいことにさっきから気がついていた。

「コカジですか？」

コカジは勤めていた出版社から近いので、昼休みに僕がときどき行く喫茶店である。一階でケーキを売っていて、二階が広い喫茶室になっていた。

「今日お会いできてよかった。女房の実家へ行った帰りだったんですよ」

望月は僕に会えたのをほんとうによろこんでいるようだった。望月の奥さんの実家は四谷三丁目の近くだという。四谷駅から電車に乗るつもりで、通りを歩いていたら、銭湯から出てくる僕を見かけた。それにしても、どうして僕の顔を知っていたのか。望月は僕が勤めている出版社の同僚の名前を挙げた。

「おたがいに同じころ、翻訳したものが自分の名前で本になったので、なんといったらいいかな、そう、仲間意識みたいなのがあったんですよ」

望月淳治の名前は僕も意識していた。去年の秋、彼の翻訳が僕のより一月早くハヤカワ・ミステリになったからだ。けれども、僕のほうは仲間意識を抱いてはいなかった。他人のことなどを考える余裕もなかったのだ。

望月を僕は優しいざっくばらんな男だと思いはじめていた。下訳をはじめてからこのかた、僕が会ってきたのはみんな年上の人ばかりである。渋谷百軒店の古本屋の碇さんにしても、僕とはひとまわり年齢がはなれている。

「下訳をしてたんですか」

僕は訊いてみた。望月がいま、自分の名前で本になった、と言ったからだ。

「三年間かな。でも、あんまり金にならなかったから、女房をはたらかせて、僕はヒモみたいでした」

僕は、やはり下訳の時期が長かったことを打明けた。もちろん、お金にならなかったことも。そして、二人で笑った。

まだ八時前だったから、ロンは開いていた。店内は薄暗く、客も少なくて、僕たちは入口に近いテーブルにすわり、珈琲を注文した。

珈琲はどすぐろくて、煮つめたような味がした。コカジのと似ている。渋谷のトップ以外の喫茶店の珈琲はたいてい色が濃くて、どろっとした感じがする。望月はその珈琲を旨そうに飲んだ。

「翻訳はお宅でやるんですか」

望月はあたりまえのことを訊いた。そうです、と答えた。

「僕はもっぱら喫茶店ですよ」

望月は新宿の百人町のアパートに住んでいるのだが、となりの子供の泣き声がうるさいので、昼ごろに家を出て、三光町に近い喫茶店で翻訳しているという。望月以外にも喫茶店で原稿を書く翻訳者を数人、僕は知っていたから、望月の話を聞いても驚かなかった。僕も一度はそういうことをやってみたいと思っていた。

夕方になると、僕が勤めている出版社へ毎日のようにやってくる翻訳者は吉祥寺に住んでいて、朝の十時ごろ家を出ると、まず吉祥寺駅の喫茶店で一、二時間仕事をし、それから中央線に乗り、西荻窪でおりて、喫茶店でまた一、二時間、翻訳し、中野まで一駅ごとに下車して、喫茶店に直行し、だんだん神田駅に近づいてくるのだった。中野から電車に乗るときはちょうど五時ごろで、神田駅に着くと、会社にやってきて、僕の上司である加藤さんにできただけの原稿をわたし、コカジに行って、加藤さんを待つのだった。そのあとは僕の上司と二人で酒を飲みに行くのである。

この翻訳者を僕はべつに変だとも思わなかった。ちょっと変っているという印象を持ったにすぎない。

変った翻訳者のエピソードは、そのころには飽きるほど聞いていた。たとえば、ある翻訳者は結婚して一月もたたずに離婚した。新妻が食事がわりに、バナナしか食べさせなかったから、翻訳者が逃げだしたというのである。

同じ喫茶店に昼から夜の何時までいるのかと僕は望月に訊いてみた。八時ごろまでかな、と彼は答えた。

「その間に珈琲を四、五杯は飲むね」

珈琲一杯六十円としても、ばかにならない。喫茶店ではピースを四箱灰にするという。ロンでも望月は早くも二本目の煙草を喫っていた。翻訳者の例にもれず、彼もチェインスモーカーである。

初対面なのに僕たちは何を翻訳したいかを熱心に話した。望月はチャンドラーやハメットを訳してみたいと言った。

「いま出ているチャンドラーやハメットの翻訳なんて、僕に言わせりゃ、みんなだめですよ。あんなものハードボイルドじゃない」

望月の口調には気負ったところがまったくない。チャンドラーやハメットをいつか翻訳したいと言いながら、そういう機会はめぐってこないのではないかとなかば諦めているようでもあった。

「あの黒眼鏡の先生だって村山久雄だってチャンドラーがわかっちゃいませんよ」

煙草を喫いながら、望月は僕の二人の先生をねちねちと攻撃した。青白い顔に髭が伸びていて、望月は彫りの深い顔だちだけれど、トレンチコートと同じように、身体全体に薄汚れた不潔な感じがただよっている。無頼を気取っていたのかもしれない。

黒眼鏡の先生とは、沙知の父と親しい大沢清治で、望月が言うようにレイモンド・チャンドラーの翻訳が何冊かあった。その翻訳は定評があったし、僕もチャンドラーの大沢訳が好きだった。実は、チャンドラーの訳者はこの人しかいないとも思っていた。

村山さんもチャンドラーとハメットを尊敬していて、彼の短編や中編をいくつか翻訳していた。僕は村山さんに頼まれて、チャンドラーの六、七十枚の下訳をやってみたのだが、まるで歯がたたなくて、村山さんを失望させている。

チャンドラーは好きだったが、翻訳してみたいという気持はなかった。枯れた大沢訳を読むことで十分に満足していた。村山訳にくらべると、大沢訳のフィリップ・マーローが大人に見えた。

「ねえ、黒眼鏡の訳をどう思いますか」

望月の質問に僕は、いいと思うし好きでもあると答えた。望月は、やっぱりそうですかというように苦笑いを浮べた。笑うと汚れた歯が覗いた。ピースを持つ人差指と中指も茶色になっている。

「翻訳なんて缶詰みたいなもんですよ、そう思いませんか」

望月は言って、ロング・セラーをつづけてきた、ある翻訳小説を挙げてみせた。

「あれだって訳文はもう古いですよ。原書は古くならないが、翻訳のほうは古くなるというのが僕の持論でね。翻訳なんていわば耐久消費材じゃないですか。何年かたつと古くなってくる。読めないことはないけれど、訳文にガタが来ている。明治以来、翻訳で残っているものといったら、数えるほどしかないでしょう。昭和のものよりかえって明治時代に翻訳された『即興詩人』や二葉亭四迷のものが残っている」

翻訳者などとるにたりない存在だと望月は自嘲しているようだった。僕も彼の言うとおりだと思った。

喫茶店ロンに僕たちはおそらく二時間はいただろう。その間、望月は僕の出身地や大学や結婚について尋ねたが、自分の身上についてはほとんど喋らなかった。ただ、家庭生活はうまくいってないような口ぶりだった。女房のやつがと言うとき、いかにも憎々しげで、大沢さんや村山さんを批判するときの口調に似ていた。

望月は自分の年齢についても口をにごした。女でもないのに、年齢をかくすなんておかしい。はじめは僕より年上かとみていたが、大学の話をしているうちに、二つか三つ若いことがわかってきた。

ロンを出ると、外はいっそう冷えてきていて、トレンチコートの望月がうらぶれて見えた。じゃあまた、と望月は言い、コートのポケットに両手をつっこんで、四谷駅のほうへぶらぶらと歩いていった。

同じ年齢《とし》ごろの男とこんなに長く話したのは、大学を出てからはじめてだったろう。得体の知れない男だけれど、友だちが一人できかかっているような気がした。

望月淳治はアパートにときどき訪ねてくるようになった。いつも古ぼけた革の鞄を持っていた。そのなかに翻訳のテキスト、原稿用紙、辞書類がおさまっているらしかったが、僕や沙知の前で開けてみせることはなかった。

たいてい土曜日の夕方にやってくるのだった。はじめのうちは沙知も夫の友人として彼を歓迎した。望月が来るよと言うと、彼女はガス焜炉を炬燵の上において、すき焼を用意したり、ちっぽけな台所で天ぷらを揚げたりした。食事がすんでも、望月がなかなか帰らなかったのは、きっと居心地がよかったからだろう。

彼は編集者や翻訳者の噂話をしてくれた。ゴシップの好きな男だった。ある老翻訳家はお妾さんがいるだとか、中堅どころの某翻訳者は船橋に家を建てたとか、他愛のない噂話をして、沙知と僕の反応をうかがった。編集者の噂話も聞かせてくれた。

部屋のなかはアラジンの石油ストーブと炬燵で暖かい。食事がすんで、お茶を飲んでいるころ、炬燵のなかからいやな臭いがしてきた。汗と脂と垢の臭いだった。もちろん、原因はわかっている。望月の靴下だった。彼は脂性で、にきびの痕が残っていた。

沙知が蒸気でくもっている窓を開けた。冷い夜気で部屋のなかの空気がきれいになったように感じられた。

僕も炬燵から出て、窓から暗い家並を眺めた。望月は窓を開けたのも気がつかないかのように煙草を喫っていた。煙草の煙が外に流れてゆくのが見えた。

望月の靴下が発する臭気に、まず沙知が拒否反応を示しはじめた。望月が来るよと言うと、いい顔をしなくなった。

望月のことで諍いになったこともある。彼が食事時に来るようになって、三回目か四回目のころだったから、年が明けてからだろう。

「望月さんの靴下、どうにかならないのかしら」

沙知は言って、鼻をつまんでみせた。僕は吹きだしたが、彼女は笑わなかった。

「奥様がいるんでしょう？」

「あの臭いところが望月なんだ」

靴下の悪臭もまた彼の持ち味ではないかと思ったのだ。あの薄汚れたトレンチコートを着ていれば、靴下だって二日や三日でとりかえることはないだろう。

望月がヒモのような暮しをしていることは沙知には話していなかった。沙知を吃驚《びっくり》させたくなかったからであるが、彼が自分の私生活に触れなかったように、僕のほうもなるべく彼の私事を話したくなかったのだ。

「おかしな人だわ、望月さんて」

「翻訳者なんだから、仕方ないさ」

「でも、あなたはまともじゃない」

「いや、僕だっておかしな奴さ」

「せっかくあなたにお友だちができたと思ったのに」

正直なところ、僕も望月の靴下の悪臭には閉口していた。広い洋間で、しかもセントラル・ヒーティングだったら、靴下が臭うこともなかったろう。あいにく僕たちのアパートは六畳一間だから、すぐに臭ってくる。その臭いは靴下だけでなく、何日も風呂にはいらないために、彼の全身からにじみでてくるようでもあった。

「臭いよって言ってみたら？」

沙知が僕をけしかけた。

「それとも、私から言おうかしら」

不思議なことに、僕は自分が非難されているような気がした。何もそこまで言うことはないだろう。僕は君の友だちの悪口を言ったことがあるか、と沙知に言った。

「悪口じゃないわ。悪口なんか言ってません」

沙知は珍しくむきになっていた。顔を赤らめ、いまにも泣きだしそうで、だから、望月の話を早く切りあげたかった。こんな話、もうよそうよと僕は言った。

沙知も僕も望月本人を嫌ったわけではないと思う。靴下の悪臭がなかったら、アパートに異物が侵入してきたというような気持にはならなかったろう。

異物といってしまっては、望月に気の毒だ。少なくとも彼の話はおもしろい。望月の人物評にはえげつなさがあった。たとえば、村山さんについて語るとき、あの人の英語の力は怪しいものだと平気で言ったりする。望月は自分の語学力に自信をもっていた。

その自信を望月はなるべく隠そうとするのだけれど、どうかするとそれがひょいと表に現われる。チャンドラーの大沢訳や村山訳をけなすときが、まさにそうだった。

靴下の悪臭に辟易しはじめたころ、僕が帰宅する前に、望月が来たことがある。五時半に会社がひけると、僕はたいていまっすぐ家に帰るので、早ければ六時過ぎにはアパートに着いている。おくれても六時半には帰っている。

その日、望月は五時半ごろに、沙知が一人でいるところへやってきた。僕が帰ったのは六時ごろで、望月は十時ごろまでいて、帰っていった。

沙知は窓を開けて空気を入れかえ、炬燵を片づけ、ストーブの火を消して、布団を敷いた。土曜日の夜だから、僕は仕事をしなかった。翻訳をするのは、日曜日の一日と月曜日から金曜日までの夜である。

「望月さんてほんとに変な人ね」

床にはいってから沙知は言った。その夜は沙知が望月に対していつになくそっけなかったので、僕は気になっていた。何かあったのかと訊いた。

「奥さん、いい身体してますねえ、って私をじろじろ見ながら言ったのよ」

望月なら言いそうなことだとすぐに思った。彫りの深い顔だちだが、好色そうな目つきで沙知を見るのを知っていた。新宿の喫茶店で仕事をしている望月を訪れたとき、彼はウェイトレスをそんな目で見ていたのを思い出した。

「君を褒めたんだよ」

僕は沙知を慰めたが、彼女はこの言葉を信用しなかった。

「言い方がいやらしいの。私、ぞっとしちゃった」

僕は望月のねっとりとした目つきを想像した。そして、彼を家へ呼ぶのをやめようと思っていると沙知に告げた。もとの二人だけの生活にもどろう、と彼女を安心させた。

沙知の友だちなら、狭いアパートに訪ねてきても、べつに違和感をおぼえなかった。僕が帰宅するころには、彼らは帰り支度をしていた。引きとめても帰っていくのだった。いつまでもいすわるということがなかった。考えてみれば、これは望月とは正反対である。

沙知と僕は望月が帰るのを辛抱して待つようになっていた。

沙知は、土曜日の夕方から僕と二人きりになれるのをよろこんだ。でも、あなたに悪いわ、と言った。

そんなことはないと僕は言った。靴下の悪臭にだけ僕はうんざりしていたのではなかった。望月とのつきあいがそろそろ重荷になりかけていたのである。沙知のほうはとうに望月を嫌うようになっていた。

望月が訪ねてくるときは、事前に会社へ電話をかけてくる。今夜おじゃましてもいいかと僕の都合を聞いてきた。沙知に、望月を呼ばないと言ってからは、望月から電話がかかってくると、僕は口実をもうけて断るようになった。妻の実家へ行くとか、映画を観るからとか、今夜は沙知がいないのでとか、嘘をついた。

望月はあっさり引きさがった。ではまたと言って電話を切るのだった。きっと彼は新宿の喫茶店から電話してきたのだろう、彼の声といっしょに音楽が聞こえていた。僕は疚《やま》しさを感じた。彼が今夜はどこで過すのかと思った。一人で新宿をうろつくのかと感傷的に考えたりした。

望月も僕も酒を飲まない。二人とも酒が飲めたら、事情はちがっていただろう。酒を飲みながらだったら、彼からもっと話を聞きだせたかもしれない。若葉町のアパートに来たときは、彼は土瓶の焙じ茶をよく飲み、ピースを喫った。

僕は新宿まで会社の用で出かけたとき、望月が仕事をしている喫茶店に顔を出してみた。しばらく会っていなかったので、ようすを見てみるつもりだったのだ。

望月は店の奥のテーブルに原書と原稿用紙をおいて、ぼんやりと煙草を喫っていた。灰皿は吸い殻でいっぱいで、彼は目をしょぼしょぼさせていた。僕を見つけると、手を上げてにやりとした。

「ゆうべは徹夜したんで、眠くて眠くて」

沙知と僕から敬遠されていることなどぜんぜん気がつかないのか、望月の声は明るかった。となりの椅子には、この喫茶店にあずけてあるという研究社の大英和辞典がおいてある。

何を翻訳しているのかと僕は訊いた。ウェイトレスが珈琲を二つはこんできた。望月は一口飲んで答えた。

「チャンドラーですがね、この中編がまた難しい」

「雑誌は？」

「『宝石』。締切が一週間前だったのに、まだ半分も行ってない」

原稿がおそいことでは、望月は札つきだったから、編集者のほうもたぶん一週間はサバをよんでいるだろう。何枚になるのかと訊いた。七十枚にはなるそうだった。

「やり甲斐があるから、いいじゃないですか」

望月を励ましたつもりだった。僕はそれまで自分の好きなものを翻訳する機会に恵まれていなかった。ただ、長い下訳生活から脱して、頼まれたものを翻訳するのが楽しくてたまらなかった。もちろん、楽しいからといって、簡単にできるものではない。書き出しの翻訳にはいつも苦労していた。

「でも、原稿料が一枚百五十円じゃねえ」

推理小説誌の翻訳の原稿料は高くて二百五十円、下は百円というのが相場である。「宝石」は一律百五十円と聞いている。七十枚でも一万五百円にしかならない。僕の給料は、一万五千円たらず。若葉町のアパートの家賃は月五千円である。

「奥さんはお元気ですか」

皮肉な質問だったが、元気だと僕は答えてから、彼の細君のことを尋ねてみた。

「女房なんていないよ」

望月はむっとして言った。さては別れたのかと思った。初対面のときに、ヒモみたいな暮しをしていると言ったはずである。

「いや、僕が逃げだしたんだ」

「じゃあ、いまは独り？」

「代々木上原の六畳一間のアパートですよ。あなたとおんなじだけれど、沙知さんのような女がいない」

見せた。

「別れたのははじめて?」

望月はあわれむように僕を見てにやりとした。薄汚れた歯が彼を老けた、くずれた男に見せた。

「僕のはいつも同棲なんですよ、学生のころから」

「もてるんだ」

「でも、沙知さんみたいな女にはもてない。嫌われる」

僕は何も言わなかった。望月は沙知と僕が彼をどう見ていたかを知っていたのだ。居心地が悪くなって、残った珈琲を飲むと、僕は彼に別れを告げて、早々に喫茶店を出た。

望月淳治が逃げだしたという女はどんなひとだろうと思った。もしかしたら年上の女なのではないか。僕から見れば、望月は老成しているが、女から見れば、母性本能をくすぐられる可愛らしい男なのかもしれなかった。靴下のいやな臭いだって、望月の臭いであれば好きだという女もいるはずだ。

僕もそのへんのことはわかりかけていた。靴下の悪臭と彫りの深い顔は分ちがたく結びついて、ある女たちには反感をもたせ、べつの女たちは好感をもつ。

その夜、沙知に望月に会ったことを話した。望月さんの女に会ってみたいわと彼女は言った。僕も会ってみたかった。

「でも、案外、平凡な女性かもしれないわね」

沙知は言って笑った。

「平凡な女だから、靴下の臭いがたまらなく好きだというのかもしれないな」

僕が言ったことも、沙知が言ったことも想像の域を出ない。それに、望月は自分はヒモみたいだと言ったけれども、ほんとはどうなのかわかったものではない。ヒモ云々は望月らしい自己韜晦《とうかい》だったかもしれないのである。

土曜日の夜は僕たちは二人きりで過した。もっとも、芝居の稽古で沙知の帰宅がおそくなることもあった。そういう夜は、炬燵で翻訳したり、ペイパーバックを読んでいるうちに、眠くなって炬燵にはいったまま眠ってしまった。そして、沙知がドアを開ける音で目をさまし、十時ごろに夕飯を食べるのだった。

沙知の旅公演のおかげで、僕たちの蜜月時代は長くつづいた。旅から帰ってくるたびに、沙知が僕には新鮮に感じられたのだ。

望月淳治に会うことがだんだん少なくなっていった。若葉町のアパートに訪ねてくることはなかった。僕は自分が意外に薄情なのを知った。

靴下の悪臭ぐらいなんだと思えばよかったのだ。暖かくなれば、炬燵もいらなくなるから、靴下が臭気を放つこともない。それが僕にも沙知にも待てなかったのだ。

新しい友人だと思った望月とはほんの短いあいだのつきあいでしかなかった。友だちなんてなかなかいないし、簡単にできるものでもない。

外套がいらなくなったころ、新宿で望月が若い女と歩いているのを見かけた。彼はダブルの背広を着て、髪をリーゼントスタイルにしていた。およそ翻訳者らしくなくて、ちょっと老けたチンピラに見えた。

ピンクのセーターにコーデュロイのスカートの若い女は、望月の話をいちいちうなずきながら聞いている。しかし、似合いのカップルとはいえなかった。望月が彼女を誘惑しているような印象を受けた。

できてるのかなと思ったとき、紀伊國屋書店の前で二人は別れた。若い女はうしろを振り向かずに駅のほうへどんどん歩いていった。望月は彼女の後姿をじっと見送っている。

僕は望月に声をかけないで、人ごみにまぎれこんだ。

夜明けの道

碇卯之吉《いかりうのきち》さんは謎の人物だった。けっして正体を見せないのである。知り合ってまもないころ、奥さんはいるんですかと訊いた。碇さんは、いるともいないとも言わないで、頬のこけた貧相な顔に曖昧な微笑を浮べた。

「三鷹のどのあたりですか、北口ですか、南口のほうですか」

碇さんの住まいを尋ねたことがある。三鷹ですよ、という返事を得たにすぎなかった。年齢もはっきりしなかった。三十代か四十代のどちらかなのだが、年齢を尋ねると、碇さんはやはり曖昧な微笑を浮べるのだった。とにかく不思議な人ね、と沙知は碇さんに会ったあとで、いつも言っていた。

碇さんは沙知と僕によく珈琲をおごってくれた。僕がひとりで碇さんの古本屋を訪ねたときは、たいてい、カスミという薄暗くて広い喫茶店に行ったが、沙知といっしょのときは、井の頭線の渋谷駅に近いトップだった。

碇さんは砂糖を二さじだけ加えて、珈琲を飲んだ。それもゆっくりと飲むので、飲みおわるころには、珈琲もぬるくなっていた。

碇さんを渋谷百軒店の古本屋ではじめて見かけたとき、B級のアメリカ映画に出てくる俳優をすぐに思いうかべた。冒頭で殴られるか殺されるかして、すぐに消えてしまう端役である。小柄なところは共通していたが、俳優のほうは碇さんよりも顔の幅が広く、かならずネクタイを締めていた。

碇さんは極端に細面で、いつもすすけたような柄物のシャツに、くたびれたジャンパーを着ていた。当然、ズボンだって折目がなくなり、膝が出ている。ぼろ靴をはいていた。

僕はこれでも人見知りするほうだったけれど、碇さんは二度か三度会っただけで、ごく自然に口をきくようになった。僕だってほめられた服装ではなかった。背広もシャツも兄が着ていたのをもらったものだったし、ネクタイは二、三本しか持っていなかったのだ。

碇さんを知ったころは、僕は収入がなかったのだから、これも仕方がなかったと思う。沙知という恋人がいたので、服装には無頓着になっていた。

珈琲でも飲みませんかと小声で誘ったのは、碇さんである。僕が彼の古本屋に顔を出すようになってまもないころだった。

渋谷にアメリカのペイパーバックと雑誌だけを扱う古本屋があることは僕も聞いていた。この店のことを教えてくれたのは、僕に下訳の仕事をくれていた村山さんだろう。しかし、村山さんといっしょに行ったのは、だいぶあとになってからである。

　僕は碇さんの古本屋を難なく探しあてた。本が好きなら、古本屋がどこにあるか、なんとなくわかるものだ。碇さんの古本屋も、これと見当をつけた洋品店や鞄屋、化粧品店などが両側に並ぶ路地をはいっていくと、その奥にあった。途中で、ズボンはどうですか、おにいさん、と店員に声をかけられた。僕が見なれない客だったからだろう。なんどもここへ通ううちに、声もかからなくなった。

　間口一間もない店先には「ライフ」や、「サタデイ・イヴニング・ポスト」、「ルック」、それに「ヴォーグ」や「ハーパーズ・バザー」などが積んであり、その上に「エスクァイア」や「プレイボーイ」の最新号が糸で吊ってある。左右の書棚にはペイパーバックが整然と並んでいるが、背がみな薄汚れていた。薄暗い奥も本棚で、上のほうにハードカバーが十数冊並べてある。その手前でボーイが帳場で、頭の禿げたおじさんがいつも顔をしかめてすわっていた。

　彼が碇さんの相棒であることはあとでわかった。碇さんはというと、そのときはむろん名前を知らなかったのだが、揉み手をするようなようすで、狭い店のまんなかに立っていた。レストランでボーイが客の前でかしこまって、注文を聞くのに似ていたと思う。

　この小父さんはペイパーバックや雑誌のことを知っていると僕は彼の態度から判断した。その判断がまちがっていなかったことはまもなくわかった。植草甚一氏や翻訳推理小説雑誌の編集長だった都筑道夫氏あたりからたぶん知識を仕入れていたのだ。それが、ちょうどメニューをひろげる客の前で、ボーイが注文を待つ姿勢に現われているのだった。

その古本屋に名前はなかった。僕にとっては碇さんの店だった。いつも苦虫を嚙みつぶしたような顔の相棒の名前は碇さんからなんども聞いたが、すぐに忘れた。彼とは口をきくことがほとんどなかったからだ。

碇さんの店にはじめて行ったとき、僕は噂に聞いていた「プレイボーイ」という男性雑誌にまず圧倒された。メンズ・マガジンという言葉をこのときはじめておぼえた。「プレイボーイ」の現物を見たのもはじめてである。この雑誌が一九五三年の九月にシカゴで創刊されて、二年たっていた。

「プレイボーイ」のバックナンバーが何冊かあった。一冊五十円である。僕はセンターフォールドのヌードの美しいのを二冊選んで買ったけれど、いかにも執筆陣の名前に惹かれたようなふりをしてみせた。「プレイボーイ」は短編小説もまた売物にしていたのだ。

しかし、正直に言えば、僕もまた素人の女をはだかにした写真がお目当てだった。「プレイボーイ」に似た男性雑誌はほかにもいくつか出ていた。そうした雑誌に載るヌードの写真の女はただ胸が大きいだけで、さかりがついたような表情をしていた。

「プレイボーイ」のモデルはちがっていた。いわばガールズ・ネクスト・ドアだったのである。近所の可愛い、そして胸の大きな娘だった。沙知に「プレイボーイ」を見せると、きれいねと羨しそうに言った。

ペイパーバックも日本橋の丸善や銀座のイエナ書店に出ていないものが並んでいて、それが一冊二十円で売っていた。千円札一枚あれば山ほどの本と雑誌が買える。

僕は一冊一冊を手にとってみた。こんなにたくさんのペイパーバックが集まっている本屋は東京にこの一軒しかない。しかも、見たことのない本が無数にある。

手がざらざらしてきた。手が薄黒く汚れていた。ペイパーバックの汚れが手についたのだ。新品同様のペイパーバックは一冊もなかった。

僕はアメリカの雑誌や本のことで胸が熱くなるほど興奮した経験が二度ある。一度は、碇さんの古本屋をはじめて覗いたとき、もう一回は「パブリッシャーズ・ウィークリー」というアメリカ出版界の業界誌を見たとき。

僕は顔に出すまいとしたけれど、店のまんなかに立っていた碇さんは僕が興奮しているのを見てとったのにちがいない。それで彼は嬉しかったのではないだろうかという気がする。僕はきっと目を輝かせて、ペイパーバックを手にとっていたのである。

店にはほかに客がいなかった。混むことのない店だったが、古本屋というのはそういうものだろう。その日、僕は「プレイボーイ」二冊とペイパーバックを数冊買って、無言でお金を払い、おとなしく引きあげた。早く手を洗いたくもあった。古本屋の奥の右手には公衆便所があったけれど、石鹸はおいてなかった。

沙知と結婚したあと、彼女は僕がじつにしばしば手を洗うのに呆れた。この癖がついたのは、碇さんの古本屋に通った結果である。彼の店で買った「プレイボーイ」でもページをめくっていると、手が汚れてくるのだった。

その翌日も僕は渋谷に出かけた。もちろん、碇さんの店に行ったのだ。前日の買物は三百円もしなかったから、お金はあった。それに、渋谷は女優志願の沙知と待ち合わせるのに都合のよいところである。彼女の稽古場はそのころは芝の大門にあって、僕の住まいは高田馬場。喫茶店のトップで落ちあって、高田馬場に行くこともあったし、遅いときは井の頭線で沙知を送っていくこともあった。

碇さんは僕をおぼえていて、にっこり笑いかけてきた。アメリカのB級映画に登場する役者は悪相だったが、笑顔の碇さんは好人物に見えた。僕にすでに好意を持っている笑顔だった。僕を熱心な観客とみたのである。

その日も僕は雑誌とペイパーバックを何冊か買った。昨日見なかった本や雑誌を手にとってみた。

そこにアメリカがあるように感じていた。渋谷百軒店のうらぶれた路地の片すみに、薄汚れたアメリカがひっそりとある。僕はそういう印象を持ったのだけれど、それは僕の感傷だったろう。

実のところ、僕はうれしくてたまらなかった。東京の古本屋の片すみにはペイパーバックが何冊か申訳のようにおいてある。一分たらずで見てしまえる量だった。ところが、ここにはペイパーバックも雑誌もかたまってある。沙知にもこの古本屋を早く見せたかった。

三日つづけて僕は碇さんの店を訪れた。暇をもてあまし、ほかに行くところもなかったからだ。そして三日目に碇さんが言葉をかけてきたのである。

「『プレイボーイ』と『エスクァイア』の十月号がありますよ」

碇さんは僕の好みをすでに知っていた。僕が「プレイボーイ」のほかに「エスクァイア」をも熱心に見ていたからだろう。

「エスクァイア」の十月号というのは毎年創刊記念号である。頁数を増やして、豪華な執筆陣を揃える。碇さんは「プレイボーイ」と、「エスクァイア」を奥の棚からとりだしてきた。僕は特別の客になったような気がした。僕がその二冊を買うと、碇さんは言った。

「お茶でもいかがですか」

路地を抜け、坂をあがって、カスミに行った。碇さんは四十代だったのだろうか、喫茶店では満州からの引揚げだと言った。相棒は満州で戦友だったという。

珈琲をごちそうになりながら、碇さんの店に来るお客のことを聞いた。植草さんや都筑さん、それに僕の先生である村山さんと親しい福島正実という人。だから、碇さんは探偵小説やSFに通じていた。僕よりもよく知っていた。植草さんはこのカスミで一時間たらずでペイパーバックを一冊読みあげてしまうと聞いた。

その話を僕は信じた。そのころは植草さんが「スクリーン」や「映画の友」に書くエッセーをかならずといってよいほどに読んでいた。映画雑誌なのに、植草さんはさほど映画に関係のないことがらを書いていた。

都筑さんも福島さんもエース・ブックスのSFを集めていると碇さんは教えてくれた。表紙の裏表がなくて、エース・ブックスは書下しのSFを二本一冊にしたペイパーバックである。表紙の裏表が逆になっていて、二本目の小説は本を逆にして読まなければならない。裏表紙がもう一作の表紙になっているのだった。僕はSFにはそのころ関心がなかったので、エース・ブックスのようなSFが並ぶ書棚は素通りした。

碇さんが僕を喫茶店に誘ってくれたのは、僕が若僧にすぎなかったからだろう。植草さんや都筑さん、福島さんとなら遠慮があるけれども、僕が相手なら遠慮はいらない。

僕のほうは碇さんに同類意識に似たものをおぼえた。翻訳家になれなかったら、碇さんのような商売をやってもいいなと思った。甘い考えだったが、僕は自信を失っていた。村山さんには、君はいつまでたっても翻訳がうまくならないねえ、と言われていたのである。

碇さんの声は注意していないと聞きとれないほどに小さかった。僕の声だってひびきが悪い。二人の声はともすれば、カスミで流れているジャズに消されがちだった。

顔を近づけて話をした。碇さんの息が臭かった。にんにくの臭いがまじっている。痩せているから、胃弱なのだろうと思ったものだ。僕も外で食べるのがつづくと、沙知に息が臭いと言われた。珈琲を飲みすぎても、そう言われたのは、僕も痩せていて、胃が弱かったからにちがいない。

「都筑さんを紹介しましょうか」

碇さんは言ってくれた。そうすれば、僕にも翻訳する機会が出てくるのではないかと考えたようだ。まだ早いですよ、と僕は断った。

僕には村山久雄という先生がいる。村山さんは都筑さんとも福島さんとも親しい。村山さんから都筑さんや福島さんを紹介してもらうのが筋道というものだろう。

断ったというより尻込みしてしまったのだ。自分があくまでも小さく、ほかの人が大きく見えていた。ただ一人、碇さんはまだ三度しか会っていないけれども、対等と感じていた。

「大学院には行ってるんですか」

碇さんは訊いた。僕は大学院で英詩を研究するつもりでいたが、さぼってばかりいた。行ってないと答えると、碇さんはうれしそうに笑い、ハードボイルドがお好きのようですねと言った。僕が買ったペイパーバックから、碇さんはそうみたのにちがいない。

「僕もチャンドラーやハメットが好きですね。ディクスン・カーとかクリスティーとかいうのはどうも肌に合いません」

碇さんは言って笑った。それで、はじめて気がついたのだが、碇さんの前歯は二本抜けていて、その部分が黒い穴のように見えた。彼と僕が話しているようすはおそらく異様にうつったことだろう。

百軒店全体がうらぶれていた。ズボンを僕にすすめた店員にしても顔に生気がなかった。もしかすると、吹きだまりのような一画だったのかもしれないとも思う。

店にもどらなくてもいいんですか、と僕は心配になって碇さんに訊いた。大丈夫、大丈夫、と碇さんは言った。そのときだけ声が大きくなった。まるで自分の店だと言わんばかりで、それが僕にはおかしかった。

「お二人でやっているんですか」

僕は訊いてみた。店構えも二人の服装に似てうらぶれている。

「僕たちは雇われですよ」

「どこから本を仕入れてくるんですか」

「基地が多いですね」

米軍の基地のことだったが、碇さんはそれ以上の説明はしなかった。僕もそれ以上のことに興味はなかった。

カスミには一時間近くいたろうか。いっしょに店を出るとき、碇さんは、また珈琲を飲みましょうよと言った。すっかり親しくなっていた。

沙知を碇さんの店に連れていこうと思っているうちに、彼女は子供の芝居で旅公演に出てしまった。こんどは九州方面であるが、貧乏な小劇団だったから、やはり列車は鈍行だった。夜行列車で発つ東京駅へ見送りに行ったあと、もう九時を過ぎていたけれど、僕は高田馬場の家へまっすぐ帰る気がしなくて、渋谷に行った。

道玄坂は暗く、人通りもなくなりかけていた。碇さんは十時ごろまで店を開けている。そのころになると店番は彼ひとりだった。相棒はいつも先にいなくなる。その路地の商店はたいてい店を閉めていて暗かった。

僕が顔を出すと、碇さんは奥から出てきて、いっしょに帰りましょうよと言った。狭い店のなかはいやに明るかった。あれは百ワットのはだか電球だったのだろうか、昼間よりまぶしいほどだった。

碇さんは店先に並べてある雑誌をなかにはこびこみ、糸で吊した「プレイボーイ」や「エスクァイア」の最新号をしまい、板戸を閉めはじめた。僕はそれまで書棚を眺めていたのだが、ペイパーバックの背文字を読むだけにして、店を出た。

そのころには何がどこにあるか僕はおおよそ知っていた。週に三、四度は来ていて、丹念に見るのだから、本のありかについては碇さんより詳しくなっていたのではなかろうか。新しい本や雑誌が入荷するのは週に一度か十日に一度である。それは店先に吊した雑誌でわかるのだった。

アメリカの雑誌とペイパーバックに関するかぎり、碇さんの店で最新刊最新号を見つけることができる。しかも、値段がばかに安い。アメリカの新しいものは新宿の紀伊國屋書店にも日本橋の丸善にも銀座のイエナ書店にもはいってこなかった。新しいものはおそらく米軍の飛行機や船で横田基地や横須賀にはいってきて、渋谷百軒店のバラックの古本屋に流れついたのである。

板戸を閉め鍵をかけた碇さんは風呂敷包みを手にしていた。その風呂敷包みから大学ノートが覗いている。それはなんですかと僕は訊いた。

「あとでごらんにいれますよ。それより新宿でラーメンでも食べませんか」

ジャンパー姿の碇さんは寒そうに肩をすぼめた。僕も冬が近いのを感じていた。九州はまだあったかいでしょと東京駅のプラットフォームで沙知が言ったのが思い出された。沙知が顔を近づけていたので、甘い香りがした。旅公演は一月の予定だから、帰ってくるのは十二月である。

碇さんと僕は渋谷から山手線で新宿に行き、南口におりた。時間がもっと早ければ、トップあたりに寄るところだが、喫茶店はとうに店を閉めている。

電車のなかで、碇さんは大学ノートを二冊出してみせた。開いてみると、時計の広告の切り抜きがベタベタ貼りつけてある。「ヴォーグ」や「ニューヨーカー」、「エスクァイア」といった雑誌の広告を切り抜いたのだ。もう一冊の大学ノートは宝石類の広告の切り抜きである。

「こんなもの、どうするんですか」

僕の尋ね方が失礼だったらしく、碇さんは珍しくむっとした表情になった。目を大きく見開いて、口をとがらせている。碇さんにとってはどうして、「こんなもの」ではなかったのである。

「これ、高く売れるんですよ」

碇さんはすぐに機嫌をなおした。僕が買ったなかにも広告を切りとった雑誌があった。そういう雑誌は値段を安くしてくれた。「プレイボーイ」のヌードが切りとられたやつも安かった。ヌードがなければ、この男性雑誌も半値以下になる。それが男性雑誌の正体であることを僕はまだ知らないでいた。

「これをね、持っていくところに持ってゆけば、高く買ってくれるんです」

碇さんはそう言って、にんまりとした。歯が抜けているので、じじむさく見えた。

なるほど、こういう金儲けもあったのかと僕は感心した。高く売れるということは、店で売る雑誌なんかより、大学ノートの切り抜きのほうが値打があるということだろう。

いったいこういうものをどこが買うのだろう。そういう人がいるんですとしか碇さんは言わなかった。何ごともはっきり答えないのが、この人の特徴だということにおそまきながら気がついていた。

碇さんと僕は南口から陸橋をわたり、階段をおりて、バラックがたちならんだなかの一軒にはいっていった。ぎょうざが旨いラーメン屋だという。碇さんの店と同じように店構えは貧弱だったけれど、なかにはいると混んでいて暖かかった。

僕たちはカウンターのすいている席にすわった。四人掛の粗末なベンチである。どちらもぎょうざと湯麺を注文した。

目玉の大きな仏頂面の大柄なおやじが大釜の麺をかきまわし、うしろのほうで痩せた小母さんがぎょうざの具を衣に包んでいる。ほかにもう一人の小母さんがぎょうざをフライパンで焼いていた。

「旨い店ですよ」

碇さんは言った。にんにくの口臭はこの店が原因かと思った。碇さんがぎょうざを好んだのは、その味を満州でおぼえたからだろうか。その後、碇さんとはなんどか食事をする機会があったけれど、行く店はきまってラーメン屋であり、彼はかならずぎょうざを注文している。

先にできあがってきたぎょうざは、碇さんが言ったとおり、ほかの店のとちがって、たしかに旨かった。にんにくがきつくないし、油も強くなくて、挽肉の量が多いのだった。湯麺はスープがよくて、麺は歯ごたえがあった。それに豚肉と野菜がたっぷりとはいっている。僕はいつのまにか汗をかいていた。碇さんの狭い額にも汗が浮んでいる。

毎夜のように碇さんはこの店へ寄るそうだった。だから、僕は奥さんのことを尋ねたのである。碇さんは笑って答えなかった。

いない、と僕はみた。奥さんがいたら、気の毒なほどこんなにしょぼくれた服装をしていないだろう。このラーメン屋にだってそう頻繁には来ないだろう。碇さんは見るからにうらぶれた男やもめだった。

結婚したこともないのだろう。そう決めつけるわけにはいかなかったが、三鷹の北口か南口のどちらかのあばら屋にひとりで住んでいるように見えた。

碇さんがハメットやチャンドラーが書くようなハードボイルド探偵小説が好きだというのも理解できるような気がした。アガサ・クリスティーが書くポアロものなどは金持の世界である。碇さんや僕とは無縁の、気取った乙にすました社会を彼女は描いている。

ハードボイルドの私立探偵は一人として金持はいない。いつもお金のことを気にしながら、事件を調べている。私立探偵が調べる世界の人たちは金持であり成金だった。

僕がハードボイルドものを読むようになったのも貧乏な探偵、しかもひとりぼっちの私立探偵が出てくるからだった。世の中からあぶれたような探偵たちに親近感をおぼえていたのだ。

碇さんの店に来る客にも金持はいなかった。みんな貧しい人が通っていたのである。財布に千円札を五枚も入れている人はきっといなかったにちがいない。

碇さんは湯麵のスープをきれいに飲み干してから言った。

「探偵小説でね」

「私立探偵が仕事の途中でカフェテリアとかコーヒーショップでハンバーガーなんかを食べてるとこが僕は好きなんですよ。ハンバーガーなんて高いものじゃないんでしょうね」

僕はハンバーガーなるものをまだ食べたことがなかった。その形も知らなかったけれど、碇さんはカウンターで大学ノートの末尾の頁にハンバーガーを描いてみせた。

「うちで売ってる雑誌の広告で見たのですよ。丸いパンを横から切って、そのあいだにハンバーグをはさんで、それに玉ねぎやトマトをのせて食べるんですよ」

湯麵とぎょうざは碇さんがおごってくれた。新宿ではプラットフォームが同じだった。僕が乗る七番線に山手線が早く来た。碇さんの中央線は八番線である。

時刻は十一時をとうに過ぎている。碇さんは本当に中央線の電車に乗り、三鷹でおりるのだろうかとふと思った。

どこからともなく現われ、どこかへ消えてしまうというのが、僕が碇さんに抱いているイメージだった。碇さんのことを尾行してもよかった。どうせ時間をもてあましていたのだから、それもできたはずであるが、僕は私立探偵ではなかったし、それほどの物好きでもなかった。しかし、碇さんのような正体不明の人と親しくなるのは、自分が物好きだからではないかとも思っていた。

沙知が旅に出ているあいだ、新宿南口のラーメン屋で僕はしばしば碇さんとぎょうざと湯麺を食べた。夜の九時ごろに高田馬場の家を出て、碇さんの店に行き、碇さんが戸締まりをするあいだ、僕は本と雑誌を見た。新しいペイパーバックや雑誌が入荷していればうれしかった。もっとも、入荷という言葉は当っていないかもしれない。

「三鷹のどこですか」

僕は同じことをなんども訊いた。碇さんはその質問をいつもうまくかわした。

しかし、考えてみれば、僕だって住所不定に近い存在だったのだ。高田馬場に住んではいたけれども、それを証明してくれるものがなかった。身分証明書も健康保険証も持っていなかった。お金もなかった。

僕が持っていたのは沙知だけである。沙知が僕のいわばアリバイになってくれているような気がしていた。

そして、碇さんがいた。彼は僕のただ一人の友人だった。年齢不明だったが、僕のほうは対等に口をきいた。碇さんが年長者という気がしなかったのだ。ある夜、新宿南口のラーメン屋で食べたあと、碇さんは陸橋をわたりながら、僕に何げなく言った。

「お金ないんでしょう。少しお貸ししましょうか」

「どうしてわかったの」

「だって、今日は何も買わなかったじゃないですか。『エスクァイア』の十二月号がはいっていたのに、手にとっただけだった」

「明日も残ってるでしょう」

「エスクァイア」を買う客は僕の知るかぎり植草さん一人だった。村山さんが来れば、すぐに買うだろうが、碇さんの話では、めったに来ないそうである。

僕はお金がないことを認めた。碇さんはジャンパーのポケットから古ぼけた黒い革の財布をとりだし、黙って僕に千円札を二枚わたしてくれた。

「すみません」

僕は言ったけれど、碇さんの好意がうれしかった。また質屋にでも行こうと思っていたところだったのである。

古本屋がお金を貸してくれるなんて、生れてはじめての経験である。村山さんが知ったら驚くだろう。君には不思議な才能があるんだねえとさも感心したように皮肉の一つも言ったかもしれない。

一週間ほどして、母から送金があって、借りた二千円は返したが、その後もう一度、碇さんから借りている。貧乏には見えたけれど、碇さんは小金を持っていたのだろうか。彼と珈琲を飲んだりラーメンを食べているとき、僕は碇さんにおごろうなどと考えもしなかった。碇さんもそれは自分が払うものと決めていたようだ。

碇さんと相棒の雇主に会ったことはなかった。雇主に興味がなかったし。給料はいくらですかと碇さんに訊いたこともない。

十二月にはいって、沙知が帰ってきた。僕はさっそく碇さんの店に彼女を案内した。沙知は入口に立って、さっそく「ヴォーグ」の十二月号を手にとって、頁を開いた。アメリカの流行がその「ヴォーグ」のなかにあるのだった。買おうかと僕が言うと、沙知はくびを振った。

「見るだけでいいの。とても手が届かないから」

「ヴォーグ」には短編小説やエッセーなども載るので、僕も買うことがあったけれど、ファッションの頁を見ることはまずなかった。豪華な衣裳は僕にも沙知にも無関係だった。

碇さんは沙知と僕をトップに誘ってくれた。カスミではなく、トップを選んだのは、沙知がトップを僕に教えてくれたことを知っていたからだ。それに、トップの珈琲はカスミよりも美味しい。店が明るいのもよかった。

碇さんの店からトップまでは、歩いて五、六分はかかる。碇さんは相棒に断って、僕たちと店を出た。トップの小さなテーブルをかこんで、碇さんが沙知に尋ねた。

「いつ結婚するんですか」

「さあ、いつになるのかしら。ねえ、いつ？」

沙知が逆に僕に訊いた。僕は沙知とのそういう水入らずの感じになれていて好きだった。僕は役立たずだったが、沙知は僕をそうはみていなかった。

「よく勉強していらっしゃるんですよ」

碇さんは僕のことを沙知に言った。沙知はうなずいて、笑みを浮べた。

「でも、内気だからねえ。人見知りをしすぎる」

碇さんも笑っていた。僕の性格を見抜いて、そう言ったのだ。

「私がいないところでは内気なんですよ。内弁慶」

沙知が意地悪なことを言った。しかし、彼女の言うとおりである。

「でも、きっとまもなくプロになりますよ、この人は。内気なかわり、ねばり強いから。福島正実さんでしたかね、翻訳家になる条件の一つは根気だって言ってましたよ」

「根気はあるわね、あなた、いまは夜明けの道を歩いてるところ」

僕の場合、根気かどうかはわからなかった。ただ、翻訳にしがみついているだけのような気もした。そのためにアメリカの雑誌や本を集めている。買ったものを読むのはまだひどく時間がかかっていた。

碇さんと別れたあと、沙知は言った。

「碇さんも変った方ね。あなたのお友だちってみんな変な人。拗ねた人みたい。それに、あなたもそうだけれど、世をはばかって生きているみたい」

碇さんとはそれから二年ほど親しくつきあった。そして、僕が出版社に就職して、渋谷からしだいに足が遠のいていくと、碇さんに会うこともなくなった。

就職して二月ばかりたった初夏の夕方、神田神保町で偶然に会ったことがある。あいかわらず碇さんはよれよれの服装だった。僕を見て、よかったですねえというように笑みを浮べた。すずらん通りのラーメン屋でぎょうざライスをおごってくれた。

引越し

沙知と結婚するので、高田馬場から若葉町へ引越すことになったとき、僕は持っていたペイパーバックをあらかた処分した。若葉町のアパートが六畳一間では、小さな本棚におさまるだけの愛着のあるペイパーバックを残して、あとは手ばなさねばならなかったのだ。ペイパーバックは戸塚第二小学校わきの南洋堂書店に引きとってもらった。この古本屋にも薄汚れたペイパーバックの棚が一段か二段に並んでいたので、ときどき覗いているうちに、主人の荒川さんと口をきくようになった。いつも仏頂面をしていて、目が細く出っ歯で、小学生のように小柄だった。

はじめは人を信じないような、細い目で見られていると、さっさと出てゆきたくなったが、話をしてみると、意外に人なつこい人だった。「プレイボーイ」のヌードってみんな可愛らしくて綺麗だねえ、あのオッパイなどと口から唾を飛ばして言うのだった。

南洋堂書店はなかが薄暗く、店全体が傾いているようで、その奥に荒川さんが何を考えているのかわからないような顔をして、帳場の向うに顔だけ出してすわっていた。おそらく怪しからぬ妄想が頭のなかを駆けめぐっていたのだと思う。だから、僕がはいっていくと、疑いぶかそうな目つきをしたのだろう。

引越しを決めて、南洋堂書店を訪れ、本を売りたいと申し出ると、荒川さんは一冊五円でどうですかと言った。僕はあっさり承知した。一冊二十円で買いあつめたものが五円で売れるのであれば、有難いことである。ペイパーバックを買ってくれる古本屋なんてめったにない。洋書専門の古本屋はペイパーバックなんか引きとってくれなかった。どぎつい表紙のペイパーバックを書物とはみなかったのである。僕の父親だって「腐れ本」と軽蔑していた。

荒川さんはリヤカーを引いて、僕の薄汚れた「蔵書」を引きとりにきた。いくつもの本棚にぎっしり詰まったペイパーバックを見ながら、荒川さんが、すごい蔵書ですねえと感心してくれた。そして「プレイボーイ」のヌードを見つけて喜んだ。

荒川さんは五十冊ごとに縄で縛って、それが五つか六つまとまると、リヤカーに運んだ。沙知が来てくれていて、雑誌類を積みかさねて、荒川さんが縄で縛れるようにした。

僕は、新しい生活をはじめるのを肌で感じていた。本がどんどんなくなってゆくのがうれしくもあり悲しくもあった。本にかこまれている生活は安心でもあったが、頭をいつも押さえつけられているようで鬱陶しかった。それがなくなるのは、さっぱりした気分でもあったのだ。

集めたペイパーバックと別れるのは不安でもあった。それらがなくなると、自分がまるはだかになるような気がした。三軒茶屋の二間のアパートに引越すことができれば、「蔵書」を始末しなくてもすんだ。

沙知と僕は、結婚するためにアパートを探してあるいた。三軒茶屋まで行ったのは、そこに沙知の親友の藤井秋子が住んでいたからだ。秋子自身は両親が住む三軒茶屋をはなれて、四谷の坂町に移っていたが、沙知は彼女の両親ともごく親しかった。

不動産屋に案内されたところは木造二階の二間で、階段をあがると、一畳分ほどの板の間があり、その奥が台所、両側に四畳半の部屋があった。沙知は、一間はあなたの書斎になるわねと言い、僕もこのアパートが気に入った。家賃は八千円だという。僕は四月から出版社への就職が決まっていて、給料は手取りで一万三千五百円だった。

八千円というのは高いけれども、翻訳をすれば、その収入と給料でなんとかなるのではないかと僕は楽観していた。沙知にしても劇団からいくらか給料がはいる。旅公演に出れば、給料も少し増えるのだった。

沙知と僕は不動産屋に五千円の手付金をおいて、意気揚々と引きあげた。けれども、そのことを四月から僕の就職先の上司となる加藤さんに話すと、たちまち反対された。

「どうやって食ってゆくのか」

加藤さんは、生意気だと言わんばかりの口調だった。

「もっと安いところを探せよ。二間なんて贅沢だと僕は思う。結婚生活はすべからく一間から出発すべきだよ」

加藤さんも結婚したとき、一間のアパートから出発したという。そのアパートについては僕も知らなかったが、つぎに加藤さんが引越したアパートは訪ねたことがある。六畳と三畳のアパートで、そこに加藤夫妻と二歳の息子、それに加藤さんのお母さんが住んでいた。それから一年ほどして、加藤さんは経堂の団地に引越している。僕はその引越しを手伝って、ペイパーバックが多いのに驚いた。

僕が加藤さんに反対されたことを沙知に話すと、彼女はすぐに納得してくれた。ただ、一瞬がっかりしたような、悲しそうな顔をした。

「親分には従わなければね」

沙知としてはそれが精いっぱいのことばだったかもしれない。僕も苦労したのだから、君も苦労しろという加藤さんのことばが僕の頭に残っていた。

沙知が若葉町のアパートを探しだしてきたのは、やはり秋子さんのアパートが近かったからだ。秋子さんのアパートで風呂に入れてもらえることを沙知は計算に入れていたのにちがいない。誰か頼りになる人の近くに住みたかったのだ。沙知には友達が多くいたけれど、秋子さんは中学時代からの特別の友人だった。

若葉町のアパートも悪くはなかった。勤める出版社が神田だから、三軒茶屋よりはるかに近い。出勤時間だって三分の一ですむだろう。

僕は本を処分することを南洋堂書店の荒川さんに打明ける前に、沙知と結婚することを話した。若葉町に移ることも。別れの挨拶のつもりだった。そのついでに、ペイパーバックの話をしたのである。

荒川さんは、僕が手ばなすペイパーバックと雑誌をすべて縄で縛って、リヤカーにはこびおわると、僕に言った。

「二万五千円になりますね」

「そんなにたくさん」

沙知は大喜びだった。僕にとっても思いがけぬ収入だった。若葉町の家賃の五カ月分である。

荒川さんの手にわたったペイパーバックは四千冊以上あったろう。「プレイボーイ」や「アトランティック・マンスリー」、「ヴォーグ」といった雑誌だって相当の数にのぼる。僕の手もとに残ったペイパーバックは百冊たらずである。さびしかったけれども、さばさばした気分でもあった。

本がなくなると、高田馬場の六畳と四畳半の二間はがらんとして見えた。本以外に何もなかったからで、ここへ四年前に移ってきたときにもどったのだ。

若葉町のアパートには本箱一つと洋服簞笥、わずかに残ったペイパーバックと辞書類、寝具を小型トラックに積んで引越した。机も椅子も捨てなければならなかった。

机や椅子にも、高田馬場にも未練はなかった。ここでも他所者であることをつねに僕は感じていたのだ。どこに住んでも、その気持につきまとわれるのではないかと思っていた。沙知は実家から三面鏡だけを持ってきた。あとは衣類。身ひとつで来たといってもよかった。ヘルマン・ヘッセの全集や白水社の現代世界戯曲全集などを持っていたのだが、それは小金井の実家においてきた。彼女の両親が僕たちの結婚に反対していたからだし、僕の両親は諦めていた。

けれども、僕たちがいっしょに住むようになり、婚姻届を区役所に出してまもなく、沙知の母親がやってきて、電気冷蔵庫や洗濯機を買ってくれた。僕の母が上京してきて、若葉町のアパートに泊っていった。

日曜日の夜になると、僕たちはよく秋子のアパートを訪ねた。新宿通りをこえて、路地から路地へ抜けていくと、路地に面して秋子さんのしゃれたアパートがある。銀座の酒場に勤める彼女のアパートにはかならず恋人が来ていた。青野さんといい、鼻の高い細面の二枚目である。僕たちは秋子のアパートで夕食をご馳走になることもあれば、風呂に入れてもらうだけで帰ることもあった。

僕は古巣の高田馬場に行くこともなくなった。出版社勤務でそれどころではなかったからだが、自分を薄情だと思っていた。渋谷百軒店の古本屋にも足が遠のいてしまった。十時から六時までの勤めと帰宅してからの翻訳の内職がよほどきつかったらしく、会社では鉛筆を持ったまま、しばしば居眠りをした。

翻訳は、机がなかったので、夕食後に卓袱台ではじめた。あくせくせずにアパートのまわりでも沙知と二人で散歩すればよかったのだが、秋子のアパートに行くのが精いっぱいだった。もっとも、暇ができると、沙知は銀座に行きたがった。買物をしたいからではなく、銀座を歩くのが好きだったのだ。

土曜日にはよく銀座のイエナ書店で沙知と待ち合わせた。もう半ドンになっている出版社が多かったけれども、僕が勤める小さな出版社は土曜日でも六時までだった。沙知と会うのは六時半である。神田駅から地下鉄で銀座に行くとき、僕はもうそれだけで楽しくなっていた。

僕たちは若葉町のアパートに一年間住んだ。昭和三十四年の四月から翌年の五月までで、正確には一年と一ヵ月である。あんなちっぽけな部屋によく住んでいられたと思うが、僕たち夫婦のような人がたくさんいることを知っていた。

一間から新婚生活をはじめろという命令に近い加藤さんの忠告はあながち厭がらせではなかった。団地がぞくぞくとできていたが、応募しても抽選ではずれた。沙知も僕もクジにはからきし弱かった。渋谷金王町の住宅の抽選にも申込んだけれど、それにもはずれた。

「タイム」や「ニューズウィーク」を読んでいると、アイゼンハワー大統領の影がどんどんうすくなって、ジョン・F・ケネディとリチャード・ニクソンの大統領選挙が話題になっていた。僕はそういう記事を興味本位で読んでいた。

生理のない沙知が近くの津の守坂の病院から帰ってきて、妊娠三ヵ月であることを告げたとき、僕は自分にもいよいよ子供ができるのか、女の子が欲しいと思った。

「引越さなきゃね」

沙知は言った。若葉町のアパートでは不安だったのだろう。実家の近くに移りたかったのだ。僕も異存はなかった。

沙知は劇団にすぐに休団届を出して、稽古には出なくなった。小金井の母に頼んで、近くに六畳と三畳のアパートを探してもらった。

四月の二十日過ぎに僕たちはそのアパートを見にいった。小金井を訪れるのは久しぶりである。アパートは沙知の実家から歩いて五分とかからない。モルタルの二階建で、空いていたのは一階の右端である。若葉町より三畳間が一間ふえるだけであるが、台所が広かった。若葉町と同じように陽当りがよかった。南側は生垣になっていて、通りをへだてたところが畠になっている。

武蔵小金井駅まで僕の足でも七、八分。会社までは約一時間だから、八時半に家を出ればいい。三畳間は赤ん坊が生れるまで、僕の仕事部屋に使うことにした。

五月の連休に引越しをした。秋子や劇団の仲間が手伝いにきてくれた。高田馬場から引越したときのように、こんども荷物は少なかった。食器類や食器棚などがふえていたにすぎない。本は少し増えた。

何もなくなった部屋で僕たちは窓から低い家並をぼんやりと眺めた。晩春にしては陽ざしが暑いほどで、僕はシャツの袖をたくしあげていた。沙知が言った。

「この一年、よく頑張ったわね」

「なんとかもちこたえた」

それが僕の正直な感想だった。

「貯金が三百円しかないこともあったわ」

僕の給料日の前になると、ときどきそういうことがあった。そのたびに沙知はうまくしのいできた。僕たちは貧乏だったけれども、貧乏だという気はあまりしなかった。

沙知が劇団の子供の芝居で旅に出ることが多かったが、旅から帰ってくるたびに、沙知が僕には新鮮に見えた。沙知がドサまわりをしているあいだに、僕はアルバイトの翻訳にはげんだ。数をこなしているうちに、自信もついてきた。

「小金井に引越しても大丈夫よね」

沙知は不安そうに訊いた。大丈夫だよ、と僕は答えたが、その点ではまだ自信がなかった。家賃を心配したわけではない。小金井は四谷から遠くはなれていたから、二間でも五千五百円である。僕の収入は少しずつ増えていた。沙知は二十五、僕は二十九。翻訳者としてなんとか一人前になれたが、前途を心もとなく感じていた。同時に、なんとかなるさと図々しく構えてもいた。

「もっと長くいたかったわね」

沙知は言ったが、僕にしてもおもいは同じだった。こんな小さなアパートだって住めば都である。四谷三丁目に近いとんかつ屋や四谷見附の近くの鰻屋、それにこのアパートから路地を左に曲ったところにある鮨屋には、引越したあとも来てみたかった。

「旅公演から帰ってくるとき、あなたが家にいるかと思うと、とてもうれしかった」

僕だって沙知が家で待っていてくれれば、帰るのが楽しかった。このアパートは僕たちにとって「家」だったのだ。沙知も僕もはじめて自分たちで持った「家」だった。

管理人のおばさんがお茶を持ってやってきた。管理人といっても、アパートの持主である。女手一つで二階をアパートにした未亡人で、僕たちには親切だった。風呂に入れてくれたり、夕食にと言って煮物や漬物を部屋に持ってきてくれたりした。

お名残り惜しい、もっと長くいてもらいたかったけれど、でも、おめでたじゃねえ、と小母さんは言って、僕たちにお茶をすすめた。沙知は、ほんとにお世話になりましたと礼を言い、僕も頭を下げた。

僕たちのあとに入居する人はすでに決まっているそうだった。やはり新婚の夫婦だという。彼らもここからつつましく出発するのだった。

「たしか十一月でしたね、ご出産は？」

小母さんが沙知に尋ねた。沙知のおなかにその気配は見えなかったが、落ちつきのようなものが感じられた。

「ええ、十一月の十日です」

「安産を祈ってますよ」

僕たちがお茶を飲みおわると、おばさんは部屋から出ていった。いいアパートだったわねと沙知は言った。右どなりの魚河岸に勤める若夫婦、東南の二間に独り住まいの金持そうな中年の婦人、そして左どなりの、夜中に酔って泣いていた酒場勤めの女性、みんな変ってはいるが、いい人たちだったと思う。

いよいよアパートを出ていくとき、僕たちは部屋のまんなかで自然に抱きあって、くちづけをした。それから、部屋のなかを見まわして、忘れものがないかを確かめ、狭い廊下に出て、階段をおり、靴をはき、管理人の小母さんにもう一度別れを告げた。

小金井は沙知と知り合ってから、なんども来ていたので、未知の土地に引越してきたという気はしなかった。生垣の前の通りを沙知と二人でよく歩いたものだ。神社の前を抜けていくと、牧場があって、牛が何頭もいた。しかし、僕たちが移ってきたころには、その牧場はなくなっていた。そのあたりにつぎつぎと家が建ちはじめていた。

府中に通じる小金井街道もかつては舗装されていなくて、米兵の乗ったキャディラックが疾走していくと、そのあとにもうもうと土煙がたって、目をあけていられなかったものだが、りっぱに舗装されていた。

小金井の生活に僕はしばらく慣れることができなかった。これは僕の悪い癖で、新しい環境に適応できるまで時間がかかる。若葉町に引越したときもそうだった。

通勤の往復二時間というのがはじめはこたえた。若葉町に住んでいたときよりも早く起きなければならないし、夜も少しは早く寝なければならない。僕は翻訳の仕事を控えるようにして、新しい生活に少しずつ慣れていった。会社が退けると、まっすぐ家に帰った。朝夕の電車のなかで本を読むことをおぼえた。

土曜日の深夜には秋子が泊りに来るようになった。美男子の青野さんと別れて、新しい恋人ができていたのだ。その恋人はきっとサラリーマンなのだろう、日曜日は会えないために、秋子は立川や八王子方面に帰るお客のタクシーに乗せてもらって、まだ舗装されていないところもある甲州街道を通って、小金井に来るのだった。

もちろん、毎週訪ねてくるというわけではなく、来るときには沙知の実家に電話で知らせてきた。僕たちのアパートにはまだ電話はついてなかった。電話などまだ必要がなかったし、電話がなくて不便を感じたこともなかった。

土曜日の夜は、沙知は秋子が来るのを待ちかねていた。僕も三畳間で翻訳をしながら、彼女を待っていた。秋子さんが来るのはたいてい一時過ぎである。午前二時を過ぎることもあった。銀座のお店で着替えてくるのだろう、秋子はいつも地味な服装でやってきた。沙知は彼女のために夜食を用意していた。たいてい鮭か海苔のお茶漬であるが、秋子はそれをよく食べた。痩せの大食いねと沙知はいつも笑っていた。

秋子は雑誌に載る僕の翻訳をよく読んでくれていた。ある夜、お茶漬を食べたあとで、彼女は、小説を書けばいいのに、と僕にすすめた。それはたぶん冗談半分に言ったのだと思う。とんでもないと僕は言った。小説を書くことなど考えてもいなかったからだ。

僕はまもなく勤めをやめて、翻訳だけで食べていくことを考えていた。サラリーマンの生活には向かないと思っていたが、やめるきっかけをつかめないでいた。けれども、自分では気がつかなかったのだが、いやいやながら勤めていて、世間のことを少しずつ知りはじめていたのである。

秋子には仕事部屋に寝てもらった。寝るのは三時か四時である。三人で小声で話しあうのだった。秋子はお客の噂をしない人だったが、あるお客の話をしてくれたことがある。もちろん、名前は言わなかった。

そのお客は郵便預金通帳を持って、秋子が勤める酒場に来ていた。彼は気に入った女の子がいると、その預金通帳を見せて、彼女を口説いた。すると、彼女のほうは銀行の通帳ならつきあってあげると言うのだった。そのお客の姿が僕には見えるような気がした。この話を聞いて、沙知も僕も声を殺して笑いころげた。

「こういう話、胎教に悪いのじゃないかしら」

笑ったあとで、沙知は言った。けれど、悪くはなかったと思う。若葉町のころは沙知は旅が多かったのだが、劇団に行かなくなって、家にこもりがちになると、僕が家に帰っても、ふさぎこんでいることがあった。秋子はそのふさぎの虫を沙知からとりのぞいてくれた。

僕たちが布団にはいるのは三時か四時だった。そのかわり、お昼近くまで寝ていた。僕が起きるころには、沙知が朝御飯を用意していた。食後に僕たちはアパートのまわりを散歩し、神社の手前まで来ると、芝生がどこまでもつづいているところがあって、そこに梅の木が植えてあり、何十羽ものつぐみが遊びに来ていた。つぐみは僕たちの手の届きそうなところまで来ては、すっと逃げていくのだった。秋子は言った。

「うっとりしちゃうわ。のんびりできて、いつまでもこのままでいたい。こういうの、なんていうの、沙知」

「さあ、なんていうのかしら？」

僕は歩いている幾羽ものつぐみを見ていた。こんなことがいつまでつづくのかなと不逞なことを考えていた。やがて、秋子が言った。

「いいわ、こういうのって」

夏が来て、沙知のおなかがしだいに大きくなってきた。よく食べるので、ふとってきた。はじめはつわりがひどくて、何も食べられなかったのに、つわりが終ると、食欲が出てきた。母乳で育てたいと沙知は言っていた。だから、たくさん食べたいの。

沙知の丸い顔がいっそう丸くなり、躰も丸くなってきた。女の躰ってすごいものだと感心した。結婚したときは、あんなに細かったのに、妊娠するとまるで変ってしまう。

「こんなに食べて、こんなにふとっちゃって、恥かしいわ」

沙知は、いくら食べてもふとらない秋子に愚痴をこぼした。けれど、僕は、沙知が生きのびるために食べてふとったのだと思っていた。沙知のお尻は小さいから、子供を産めないのではないかと言われていたのだ。

沙知の母親がそうだった。二十九歳でようやく沙知を産むことができて、あとは子供を産めない躰になってしまった。沙知は食べるようになって、お尻が大きくなってきた。

十一月はじめに沙知は荻窪病院に入院した。早産のおそれがあると言われて、早めに入院したのだ。僕は会社の帰りに荻窪で下車し、バスで荻窪病院まで行って、沙知に会った。見舞ったというべきだろうか。

僕が行くと、沙知はおなかに手をあてて、ほら動いてると言って、僕にさわらせた。しかし、僕が手を触れているあいだ、おなかは静止していた。沙知の母は、女の子じゃないかしらと僕に言った。沙知の顔がきつくならないからというのがその理由だった。

出産に僕は立ちあわなかった。入院の初日から母親が付きそっていたので、僕に用はなかったらしい。それに、子供が生れてくるのだから、稼がなければと僕は思い、アメリカの探偵小説の翻訳に精を出していた。

月曜日から土曜日まで午前二時から三時ごろまで仕事をした。起きるのは七時半で、それから髭を剃り、紅茶を飲んで、駅に急いだ。武蔵小金井始発の行列に並んで、座席にすわると、神田駅に着くまで眠りこけていた。

父親になることで僕は興奮していた。沙知とのあいだに子供が生れるからというだけで興奮しているのではなかった。自分も人の子であることがやっとわかってきたのだ。僕も父親の子供であるということを知った。僕が母親の胎内から生れてくるとき、僕の父はどんな気持だったのだろうかとはじめて考えることができた。父は僕が生れてくるのを歓んだそうである。それは母からなんども聞かされた。

母のそのことばを信じることができなかった。僕が翻訳者になりたかったのは、父とまったくちがう人生をおくりたかったからだ。父の泥くささから逃げだしたくて、バタくさいものを単純に求めた。けれど、人生とはそんなものじゃないよと僕は自分に言いきかせることができた。

沙知の女児出産は、彼女の父親がアパートまで知らせにきてくれた。

「パパ、女の子だよ」

それまで沙知の父は僕の名前を読んでいたのに、孫が生れて嬉しさのあまり、僕をパパと呼んでしまったらしい。

「沙知は？」

僕は訊いた。

「母子ともに元気」

父親にそう言われて、僕はよかったと思った。沙知の躰が心配だったのだ。親の反対を押しきってまで、彼女は僕といっしょになったのである。沙知は僕に一生を賭けて、芝居を諦め、僕の子供を産んだ。僕は生れてきた女の子が父親に似ないで、母親似であることを切に願った。父親似であってもらいたくなかった。

出産は予定日より三日ほどおくれた。生れたのは夜だった。十一月十三日、風が冷たかった。沙知の父と僕は武蔵小金井駅に行った。電車に乗って荻窪に向うとき、沙知のお父さんは鼻歌をうたっていた。よく聴くと、慶應義塾大学の塾歌であり陸の王者である。彼は慶應ボーイだったのだ。僕は沙知のことばを思い出していた。知り合ってまもないころ、彼女は言ったのだ。

「父を見ていると、ハンサムな男が嫌いになってくるの」

僕はよろこんでいいのか、かなしんでいいのかわからないでいた。六年前のことで、そのとき、沙知は十九歳だった。

荻窪駅に着くと、タクシーに乗った。僕は母のことを思った。母は二月に脳溢血で死んだ。母の葬式がすんだ夜、僕は沙知と愛を交わした。それまで、子供が生れてくることになれば、沙知は芝居ができなくなるので、僕たちは妊娠しないように気をつけていた。しかし、その夜はそういうことを気にしないで愛しあった。

僕は輪廻を信じてはいなかったが、生れてくる子供は母の生れかわりではないかと思っていた。それにしては、計算が合わなかった。二月にみごもったのなら、十二月に生れてくるはずである。

タクシーのなかで沙知のお父さんはなんども言った。

「よかった、よかった」

僕も負けずに言った。

「ほんとにそうですね」

アパートの三畳間は僕の娘の部屋になることに、そのとき気がついた。若葉町で使っていたデコラ張りの卓袱台をまた机がわりにしなければならない。明日、ベビーベッドを買いにゆこうと思った。

沙知には一週間以内に出生届を杉並区役所に出してねと言われていた。小金井市役所ではなく、出生地の杉並区にそれを提出しなければならないことを僕は知らなかった。

荻窪病院では沙知の母親が迎えてくれた。彼女はうれしそうに笑みを浮べていた。病室に行くと、沙知はまだ名前のない赤ん坊におっぱいを飲ませていた。赤ん坊は頭にまるで毛がなかった。

沙知は僕を見て、微笑を浮べた。ただ、目がたちまちうるんで、涙が頬をつたって流れおちた。僕はベッドから少しはなれて、うつけたように立っていた。

病室は薄暗く静かだった。三千グラムだったのよ、と沙知の母が誰にともなく言った。そうかそうかと父親がなんどもうなずいた。僕は近づいて、赤ん坊を見た。

赤ん坊はどちらに似たか、もちろんわからなかった。ただ、沙知の子供であり僕の子供であるのを感じていた。沙知の小さな乳房が大きくなっているのに驚いた。

一時間ほどいて、僕たちは引きあげた。帰りの電車のなかで、沙知の父はまた鼻歌をうたっていた。母親のほうは安心したのか、うつむいて眠っていた。僕は車内の人たちをぼんやりと眺めていた。父親になったことの感想などべつになかったのだ。子供も大切だが、仕事も大切なんだと思っていた。

そして、いま住んでいるアパートもまもなく手狭になるだろうと覚悟していた。また引越しをしなければなるまい。

沙知の両親と別れて、アパートにもどると、僕は石油ストーブをつけた。若葉町から持ってきたアラジンのストーブである。卓袱台には翻訳のテキストと原稿用紙をひろげたままだった。けれども、翻訳をする気になれなかった。

二年先、五年先のことを考えた。子供が歩けるようになったら、伊豆にいってみたかった。伊豆は沙知と新婚旅行で行ったところである。修善寺や沼津や今井浜の温泉宿に泊った。あれは去年の六月はじめだった。それから一年半で子供が生れている。

家族、という言葉が頭に浮んできた。若葉町のアパートでは、家を持ったと感じ、赤ん坊が生れて、僕たちが家族になったのを感じていた。

部屋のなかをあらためて見まわした。食器棚と三面鏡と卓袱台とストーブのほかに何もない。けれども、部屋のなかは暖かった。それはストーブがついているからだけではなかった。僕一人だったら寒々とした部屋だったろうが、沙知が病院にいても、沙知の存在を感じさせてくれたのである。

ビールで祝杯をあげたかったが、あいにくビールはなかった。僕はまだ酒が飲めなかったのだ。それはいいことだと信じていた。酒が嫌いだから、会社からまっすぐ帰ることができるし、時間を無駄にしないで仕事ができる。それでも、今夜だけは、酒を飲みたかった。自分でもそれが不思議だった。それで、咽喉が渇いていることに気づいて、台所で水を飲んだ。

僕が病院を去る前に、沙知は笑顔で、私、お母さんになったのね、と言った。それは彼女の両親にではなく、僕に言ったのだった。

「そして、あなたはお父さんなのよ」

そのことばは切なく聞こえた。沙知が赤ん坊にかわって、僕に頼んでいるようでもあった。沙知が祈りを捧げているようにも聞こえた。僕は卓袱台の前にすわりながら、沙知のことばを噛みしめた。

その夜は、仕事をしないで布団にはいった。布団のなかはばかに寒かった。足があたたかくなってくるまでに、二度か三度便所に行った。そうして、ようやく眠りにつくとき、親子三人の生活に自信に似たものをおぼえていた。なんとかなるさと楽観していた。

媒酌人の本間さんが新郎新婦を紹介するあいだ、杉山清は神妙に俯《うつむ》いていた。本間さんの挨拶にはかすかな東北訛がまじっていたので、杉山は笑いをこらえているのかもしれなかった。本間さんはなんどか新郎をスンロウと発音して、そのたびにシンロウと言いなおしたが、五十人ばかり集まった結婚披露宴のどこからも、笑声は起こらなかった。

花嫁の工藤浩子は顔を上げて、本間さんの話を聞いている人たちを見まわしていた。物怖じしないそのようすは、畏っている新郎とは対照的だった。杉山と浩子がどうして結婚することになったのか、そのいきさつはわかっていても、僕にはいぜんとして謎のように思われた。

「あれじゃ別れるよ」

となりにすわっていた小島が躰を近づけてきて、僕に耳打ちした。小島はときどきわけのわからないことを口走るけれど、彼の言葉は僕にすぐにピンときた。彼も僕も同じことを考えていたのだ。

花婿が顔を伏せ、花嫁が披露宴の会場を好奇の目で見まわすのは奇異な印象をあたえた。普通なら花嫁が涙ぐみ、緊張のあまりじっと俯き、花婿はわずかに目を伏せているはずである。小島はそのことに気がついて、黙っていられなくなったのだろう。

小島も僕も若輩だから、端のテーブルでのんびりと構えていた。もう一人の若輩、篠崎は何がおもしろくないのか、不機嫌そうに中国料理を食べていた。小島がまた僕の耳もとで囁いた。

「篠崎は俺の言うことが不謹慎だって怒ってるんだよ」

小島と僕は顔を見合わせて笑った。小島が、別れるよと言ったのは、もちろん、杉山と浩子のことだ。それはたしかに不謹慎なことだったが、おそらく披露宴に出席していた人たちの気持を代弁していたと思う。責任を果したかのように途中で帰ってゆく客が何人かいた。

披露宴は何ごともなく終った。その間、杉山はほとんど顔を上げないでいた。酒にも料理にも手をつけないで、ときどきハンカチーフで目を拭いていた。あいつ、感涙にむせんでいるんだ、と小島は言った。それが聞こえたのか、篠崎が小島を睨みつけて注意した。

「不謹慎だぞ」

小島は手を上げて謝ったが、その顔は笑っていた。小島には浩子と同じように傍若無人のところがあって、そのせいかこの二人は仲が悪い。会えば口論になる。浩子が結婚披露宴に小島を招待するのを杉山によく承知したと思う。

僕たちはいちおう背広を着て、ネクタイを締めていたが、披露宴の会場は天皇誕生日にしては暑いくらいだった。小島がネクタイを締めているのを見たのははじめてである。彼はそのネクタイをゆるめていた。

会場から出るとき、大沢さんを見かけた。黒眼鏡をかけているから、すぐに目につく。珍しく濃紺のスーツを着ていて、その姿が瀟洒に見えた。それは戦前のニューヨークで身につけたのだろうか、戦争の影響が大沢さんからは感じとれなかった。大沢さんは東大を卒業してから、アメリカの映画会社の日本支社駐在員として、ニューヨークで三年か四年独身生活を送っている。一九三〇年代のことだと聞いた。

会場の出口で挨拶すると、大沢さんは珈琲でも飲もうよと僕たちを誘ってくれた。僕たちは大沢さんのあとから四谷駅のほうへついていった。四谷に来たのは一年ぶりである。若葉町のアパート、寿楽荘の六畳一間の古巣が懐しかった。

小島も篠崎も僕と同じくチャンドラーの大沢訳が好きだ。小島は大沢さんが翻訳したサローヤンの『わが名はアラム』は名訳だと言っていた。『わが名はアラム』の原書と大沢訳を机に並べて、原文を見ながら、大沢訳を原稿用紙に書きうつして、翻訳の勉強をしたというのが小島の自慢だった。

篠崎も小島と同じことをやっていた。彼は映画になった『シェーン』の原作の大沢訳を、やはり原文を参照しながら、大学ノートに筆写した。几帳面な篠崎らしい楷書で書いたその大学ノートを見せてもらったことがある。これで俺は商品になる翻訳ができるようになったという気がする、とそのとき篠崎は言った。

新宿通りに祭日でも営業している喫茶店があって、そこにはいった。僕が住んでいたころにはなかった、新しい店だ。椅子に落ちついた大沢さんはとても五十過ぎには見えなかった。同年代の翻訳者たちのなかでは一番年齢《とし》をとらないほうだろう。細身で、服装の趣味がいいということもある。

大沢さんのとなりにすわった小島は二十九歳、小島と向い合う篠崎も二十九歳、花婿になった杉山は三十一歳、僕は三月で三十歳になっていた。けれども、三十になったという実感がなくて、まだ二十代のつもりでいた。

大沢さんは上機嫌で、歯を見せてにこにこしていた。僕たちとは親子ほども年齢がちがうけれど、ものわかりのいい、理解のある叔父さんという感じだった。珈琲がはこばれてくると、篠崎が言った。

「披露宴、いかがでした」

「おもしろかったね」

大沢さんは口をゆがめて笑った。大沢さんも新郎新婦の対照的なようすに気がついていたのだと僕は思った。おもしろいというのはいろんな意味にとれる。

「小島はね、大沢さん、今日の新郎新婦は別れるって言うんですよ」

篠崎の不平そうな言葉に、大沢さんは大声で笑った。しばらく篠崎を見ながら、笑っていた。小島は篠崎を牽制するように、大きな目でじろりと見た。

「不謹慎ですよね」

篠崎は言って、大沢さんの反応をうかがった。黒眼鏡のせいか、大沢さんの笑顔からは何も読みとれなかった。

「君たちはどう思ったのかね」

大沢さんは篠崎と僕を見くらべながら、逆にきいてきた。

「口がすべったんですよ」

小島は弁解したが、悪びれてはいなかった。先生に告げ口をしたような篠崎に反感を持っているのがわかった。この二人も対照的で、篠崎は一年前に郷里の岡山の娘と見合い結婚し、小島は新宿の酒場に勤める女と同棲している。

「でも、ほんとにそう思ったんですよ」

小島が言うと、大沢さんはまた笑った。じゃあ、いつ別れるんだ、と篠崎がきいた。

「秋かな。四月に結婚して十一月に別れるって歌がアメリカにあったですよね、大沢さん。ほら、ニューヨーク市長が一九一〇年代かに作詞したとかいう」

「君は勉強家だね」

大沢さんはうれしそうに言った。これは大沢さんの賛辞だった。若い人をほめるとき、この黒眼鏡の大先輩は、君は勉強してるね、あるいは勉強家だねと言う。

しかし、小島をほめて、故意に話をそらしたようにも聞こえた。たぶん、杉山は浩子を連れて、大沢さんのお宅へ結婚することを報告に行ったはずである。彼も翻訳者の端くれとして黒眼鏡の先生を尊敬していた。それに、自分の妻となるそこそこの美人を大沢さんに見せたかったにちがいない。杉山は翻訳が完成すると、僕が勤める出版社へ浩子を連れて、原稿を届けに来た。

杉山の奴、結婚もしてないのに、もう尻に敷かれてやがる、と小島は僕に言っていた。僕は酒を飲まないが、小島と杉山は金があると、よく飲みあるいていた。一年ほど前から、杉山は小島に会うとき、浩子を連れてくるようになったようだ。生意気な女だよ、とも小島は僕に言った。

「翻訳者もやっと食えるようになって――」

大沢さんは僕たちを見て言った。

「それで結婚する翻訳者がふえたということかな、若い人たちのことはよくわからんがね」

沙知と結婚した僕も、また篠崎や杉山も、大沢さんが言ったその一人だろう。僕たちのような駆け出しの翻訳者までなんとか食える世の中になっていた。

「君だって杉山が別れると思ってるんじゃないのか」

小島が篠崎にたずねた。すると、篠崎は首を振った。

「それは僕らの関知しないことだろう」

「でも、俺が言ったっていいじゃないか。花婿が花嫁みたいにしおらしくて、花嫁が客を品定めするような披露宴に出たら、ああこの結婚は永つづきしないと誰だって思うだろう。それを口に出して言うか言わないかということなんで、俺は内輪の人しかいなかったから、思ったことを言ってしまった」

「活発なお嫁さんだったね」

大沢さんが言った。小島の言い方を暗に認めているかのような口ぶりだった。篠崎も小島もこのひとことに納得したらしく、媒酌人をつとめた本間さんの東北訛を話題にした。年齢をとると、昔の訛が出てくる、そのいい例が本間さんだ。本間さんに会っていると、地方の高校の英語教師が努力して、翻訳家になったように思われてくる。英文法の話になると、本間さんは目を輝やかせて喋るのだった。都会的な大沢さんとは正反対で、だから、地を這うような捜査をつづける刑事が登場するクロフツの探偵小説などを訳させると、じつにうまいし、本間さんにはぴったりである。

「赤ちゃん、何カ月になるの」

突然、大沢さんが思い出したようにたずねた。たぶん、沙知の父親から友子が生れたのを聞いたのだろう。まもなく六カ月になりますと僕は答えた。去年の十一月に生れた友子は髪の毛がまるでなかったのに、だんだんに生えてきた。

「おくればせながら、おめでとう。それで、奥さんはまだお芝居をつづけてるの？」

「いや、やめました」

「それはよかった。これからはもっと勉強できるね」

「はあ」

それからしばらく雑談になった。大沢さんは僕たちの話を聞いていた。珈琲はもちろん大沢さんのおごりだった。大沢さんは世田谷のお宅へ帰るのにタクシーを拾い、篠崎と僕は神楽坂のアパートに住む小島と別れて、中央線に乗った。

披露宴の話をすると、沙知は小島さんの言うとおりじゃないかしらと言った。友子はベビーベッドですやすやと眠っていた。

小島の住まいは神楽坂の路地をはいった奥にある。遊びに来ないかと言われて、会社の帰りに飯田橋でおりると、小島が改札口に来てくれていて、まっすぐアパートへ僕を案内した。二階の六畳と四畳半の二間で、六畳間の窓ぎわに小さな机があり、そこに目下翻訳中のテキストと原稿用紙がのっていた。机の前の座布団の左手に大英和辞典がおいてある。

机の右手の本棚の一段はハヤカワ・ミステリが占めていた。その下の段に小島の翻訳したハヤカワ・ミステリが三冊、国語辞典や漢和辞典などと並んでいる。本棚の横には鏡台と洋服箪笥。つつましい部屋だ。

襖が開いて、噂に聞いていた小島の細君が出てきた。いずれは籍を入れると小島が言っていたから、細君といっていいだろう。小柄で、和服がよく似合っていた。僕は和服については無知だし、沙知もめったに着ないから、和服姿の細君がいっそう魅力的に見えた。世話女房というのは小島の細君のような女のことではないかと思った。

年齢は三十を過ぎているだろうか、小島より年上に見えたが、可憐な感じがする。小島は僕を紹介すると、名前はちえとぶっきらぼうに言った。うちのひとがお世話になって、と細君は低い声で挨拶した。かすかに甘い香水の匂いがした。

ちえという女が世話女房なら、小島は旦那だろうかとちらと考えた。部屋は狭いけれど、何もかもきちんと片づいていて、机も本棚も鏡台も磨きたてたように光っている。目の前の卓袱台だって古いものだが、鈍い光を放っていた。台所に消えた細君はその卓袱台にお茶を持ってきた。

「これからお勤めに出ますので」

彼女にそう言われて、酒場に勤めていたのを思い出した。小島はそっぽを向いて、鼻くそをほじくっていた。それでも、細君が出かけるとき、小島は幅半間の小さな玄関まで送っていった。杉山は別れるんじゃないかと小島が思わず言ったのも僕はわかるような気がした。ちえさんはつねに小島のうしろに隠れているような女なのである。二週間前の結婚披露宴の新郎新婦が小島とちえさんだったら、小島は昂然と客に目をやり、ちえさんは俯いていたことだろう。

いいひとだね、と僕はもどってきた小島に言った。美人だし控えめだしとお世辞ではなくほめた。若い女にはないうるおいのようなものがあるとも思ったが、それは口に出さなかった。

小島はお茶をすすりながら、頭に手をやってにやにやした。僕がほめたのをよろこんでいるようだった。しかし、小島らしいことを言った。

「俺はヒモだったんだよ」

小島は僕とちがって、なんでもずばりと言う。そういういさぎよさに僕は惹かれてきた。男らしいといってもいいだろう。だから、ちえさんのような女ができるのではないか。

「いまでもヒモなんだ。大沢さんは翻訳者も食えるようになったとおっしゃってたけど、俺なんかまだ食わせてもらってる。なにしろ定収入がないからね」

その点で僕のほうがましだろう。安月給とはいえ、二十五日にはかならず給料が手にはいる。それにアルバイトの翻訳の収入もある。小島は翻訳だけで食っていかねばならない。

しかし、小島の翻訳には僕も一目おいていた。僕の一つ年下なのに、老巧な翻訳をするし、とくに女の台詞の訳し方がうまい。それも女にもてるせいではないかと僕はひそかに思ってきた。小島の女の台詞は語尾がうまくきまっている。

小島は沙知のことをお嬢さんだねのひとことで片づけた。友子を産んでからはじめて銀座に出てきて、食事をしたとき、僕たちは偶然並木通りで小島に会ったのだ。

ちえさんとはもう何年になるのかと僕はきいた。小島は思案するように天井を見上げた。

「三年になるかな」

いいひとだねと僕はもう一度言った。

「無責任にそう言うなよ。今日はあいつ、ネコかぶってたのかもしれない」

浩子とは対照的だねと僕はうっかり言ってしまった。けれども、小島は髭が伸びた顎を撫でながら、べつのことを考えていたようだ。杉山に会ったかときいてきた。

「しばらく会ってない。彼の翻訳がおくれてるんでね」

「あいつ、締切は守るほうじゃないか」

「そうなんだが、こんどはおくれてる」

僕たちはほぼ同時にプロとして扱われるようになった。新人の翻訳者というのは何年かに一度かたまって出てくるという。小島、杉山、篠崎、僕がそうで、一種の仲間意識がある。三年前のデビューだ。そのあと、新しい翻訳者は出ていないから、僕たちが若手というこことになる。そのなかでも、杉山と篠崎は締切をつねに守ってきた。僕は出版社に勤務していながら、小島と同じく締切を守れないでいた。

「杉山は女房とうまくいってないそうだ」

こういう噂ならまず編集部の誰かに伝わってきてよさそうなものだ。もっとも、小島の早耳は定評がある。クリスティーの翻訳がうまい、ある詩人が結婚式の式場や披露宴の会場を予約したのに、肝心の花嫁が決まらなくて、誰かに泣きついたというゴシップも小島から聞いた。ある翻訳者が結婚して、食事にバナナばかり食わされているという話も小島がしてくれた。ちっぽけな、おかしな世界なのだ。

やっぱり別れるのかねと僕は小島にきいた。小島はただうなずいた。

「杉山は面食いだからな、あれでも。だから、いっそう彼女の言いなりになる。彼女はいっそう杉山に愛想がつきてくる。悪循環なんだよ」

「翻訳がうまくても、結婚生活がうまくいくとはかぎらないさ」

「俺なんかどっちもうまくない」

小島の冗談だった。小島の場合はどっちもうまくいっていると僕はみていた。彼の翻訳が運よくベストセラーにでもなれば、ちえさんに酒場勤めをやめさせて、郊外に引越すかもしれない。古いけれど、晴耕雨読が夢だと小島は言っていた。しかし、翻訳探偵小説がベストセラーになることはめったになかった。百冊のうち九十九冊までが初刷で終りなのだ。その初刷が五千部。

おぼえているが、おととしにはじめて本になった僕の翻訳はやはり五千部で、定価が百四十円、印税が八パーセントだから五万六千円になった。それが四回に分けて支払われたのである。一回が一万二千円、税金が一割五分で千八百円が差引かれ、手取りは一万二百円。一月一万円ではとても食べてはゆかれなかった。そのあと就職したから、沙知と結婚できたのだ。

「わかんないもんだね」

小島の口調はしみじみとしていた。狭い路地を抜けてくるのか、五月の風が開けた窓からゆるやかにはいっていた。僕はちらりと沙知と友子のことを考えた。

僕たち親子三人はなんとか食べている。小金井のアパートには風呂がないけれど、沙知の両親の家が近いから、そこで風呂にはいることができる。友子も順調に育っているし、沙知出産前はあんなにまるまるとふとっていた沙知もどんどん痩せてきた。会社では僕も仕事をこなせるようになったし、家に帰れば、ミステリーの翻訳に精を出している。

「わかんないもんだね」

小島がもう一度言ったので、何がと僕はきいた。仕事の関係で、僕はこうして小島のアパートを訪ねることもできるようになった。

「杉山のことだよ。あんな女と結婚するなんて。彼はああいうはねっかえりが好きなんだな」

「それでいいんじゃないか」

杉山には浩子がいて、小島にはちえさんのようなひとがいる。篠崎には岡山から来た、しっかり者だという奥さんがいるし、僕には母親になった沙知がいる。

「それもそうだな。ただ、翻訳も結婚と同じじゃないかと思うことがあるよ」

「ほう」

「だって、そうじゃないか。ある作品があって、それは小説でもノンフィクションでもいい、誰かがそれを翻訳する。作品のほうは翻訳者しだいだろ。翻訳がよければ、作品は生きるし、翻訳が悪ければ死んでしまう。結婚と同じだよ」

「そうかな」

「そうだよ。ちょっとビールでも飲みたくなってきたな」

「どうぞ、飲んでくれ」

小島は台所に行って、冷蔵庫からビールを持ってきた。戸棚を開けて、コップを二つとりだし、ビールの栓を抜いて、僕のグラスにちょっぴり注いでくれた。僕が飲まないのを知っている小島は自分のコップに注いだビールを一息で飲んだ。僕は一杯のビールで酔ってしまう。

「俺はね、ちえのヒモになってよかったと思うよ」

小島の口調には多少とも自嘲気味なところがあった。自分のことで胸のうちにあるものを正直に言おうとすると、どうしても小島はそんなふうになる。

「お似合いの夫婦じゃないか」

僕はお世辞を言ったのではなかった。小島とちえさんがしっくり合っていると思っていた。

「翻訳者になりたくて、ヒモになったような気がするよ」

「ヒモ、ヒモと言うのはやめてくれないか。そんな言い方はないだろう。ちえさんに悪いよ」

「悪かった。しかし、ヒモっていうのも悪くないぞ」

おそらく小島は何かを、誰かを犠牲にして翻訳者になったのだと言いたかったのだろう。僕も父の脛をかじって、ようやく翻訳者になった。

小島はビールを一本ひとりで飲んでしまうと、僕を誘って、近所の洋食屋に行った。


梅雨が明けて、朝から暑かった。三鷹駅の北口から歩いて十分ほどの杉山のアパートを訪ねると、まず異臭が鼻をついた。ものが腐った臭いなので、それですべてがわかったような気がした。杉山はパジャマ姿で僕を迎えた。そのパジャマも長いこと洗濯してないのか汚れていて、何かにおってくるようだった。僕の突然の訪問に驚いたらしく、散らばった新聞や雑誌を部屋のすみに片づけて、僕に座布団をすすめた。

三カ月前の結婚式のときはふとって見えた杉山の頬がこけていた。浩子がいないのは、アパートに足を踏みいれたときからわかっている。奥の部屋に敷いた布団も不潔な感じがした。部屋のなかを蠅が飛びまわっている。

「ごらんのとおりですよ」

あぐらをかいた杉山に力のない声で言われて、僕は原稿を督促する気もなくなった。こんな状態では仕事も手につかないだろう。

「奥さんは？」

あえて僕はきいてみた。杉山の消息はこのところ誰からも聞いていなかった。だから出社する前に杉山を訪ねたのだ。おかげで、今朝はゆっくり家を出ることができたけれど、暑いのには閉口したし、それにこの異臭である。

「実家に帰ったっきり、もどってこないんだ。実家に電話をかけても、彼女は出てこない。もう一月になる」

僕は異臭から逃れようと、煙草に火をつけた。杉山もピースをせわしなくふかしている。実家に行ってみたのかとたずねた。二度、浩子に会いにいったけれど、二度とも会えなかったという。

「恥かしい話です」

杉山はその必要もないのに頭を下げた。小島の言ったとおりになったのだ。それにしても、簡単に毀れてしまった。僕は小島の神楽坂のアパートの清潔な、しっとりとした感じを思い出していた。小島は三年でそういう暮しを築き、杉山のほうは三ヵ月で毀れてしまった。

「どうしてこんなことになっちゃったのかな」

これは僕のひとりごとに近かった。杉山は二本目の煙草に火をつけた。無精髭がまばらに生えていて、結婚式のあの颯爽としたおもかげはない。

「僕もわからないんだ。何がどうなったのか」

「奥さん、もう帰ってこないのかな」

愚問だったが、不潔な部屋に僕はいたたまれなくなっていた。杉山は天井を見上げ、周囲に目をやり、落ちつきがなかった。挙動不審の男になりさがっていた。

「帰ってきてもらいたいけど、無理だろうな」

「とにかく奥さんに会ってみなさいよ」

「向うが会おうとしないんだ。ただ別れたいと母親を通じて言ってきてる」

それでは別れるしかないだろう。僕はそう言ってみた。自分が意外にせっかちであることに気がついた。他人のことだから、早く片づけようとしているのかもしれなかった。

「悪いね、こんなところに来てもらって」

杉山は謝ったけれども、僕は、心配だから来てみたのだと言った。一つ年上の杉山が親にはぐれた少年のように見えた。

「あんなに、仲がよかったのに……」

「いっしょに暮すようになったら、とたんに喧嘩をはじめた。それが痴話喧嘩じゃないんだ」

「原因はなんなの」

「原因と言われたって――原因はたくさんあるんだ、それも些細なことなんだ。彼女も僕も平凡な暮しをするようにできてなかったんだよ」

どういう意味なのか僕にはわからなかった。性格の不一致は杉山本人にもわかっていたはずだ。結婚披露宴では、それが出席した人たちにはっきりと見えただろう。大沢さんは活発なお嫁さんだと言って笑った。あれは鋭い批評だった。今日あることを大沢さんは見通していたのにちがいない。

「何もかも食いちがっちゃった」

杉山は言って、煙草を灰皿でもみ消した。僕は来たのを後悔しはじめていた。来てもしようがなかったのだ。

「悪口になるけれど、浩子は料理がまったくできなくてね」

杉山は奇妙な笑みを浮べた。そのわけはまもなくわかった。彼がサラダを食べたいと言ったところ、浩子は夕食に胡瓜を切ったのにウースターソースをかけて出したのだ。

「それでも食べられるがね、僕はトマトにウースターソースをかけて食べるのが好きだからね、でも、胡瓜とソースにはまいったよ」

小島だったらそんなものが食卓に出たら、家を飛びだしていくだろう。ちえさんだってそういうものはつくらないにきまっている。家のなかもピカピカに磨きたてているように、料理にも念を入れるだろう。

別れるしかないんじゃないかと差しでがましいようだが、僕はすすめた。こんどは自分に合った女といっしょになるべきだ。浩子がそこそこの美人だったからいけなかった。

「あんたは簡単にそう言うけどねえ」

杉山はぼさぼさの頭に手をやって、深い溜息をついた。

「簡単に別れるなんて、できないことだよ。僕は自分が意外にしつこくて、めめしいっていうのがはじめてわかったんだ。未練がましいけどね」

「もどってこないんじゃあ、別れるしかないでしょう。仕事が大事だよ」

「ま、そりゃあそうだけど、もどってくるわずかな可能性はあると思うんだ」

「楽天家なんだね」

「そんなことはない。僕は浩子と結婚するとき、こういう事態は絶対に避けようと決心したんだ」

翻訳者というのは甘いものだ。大沢さんのように都会的で、そのくせ海千山千の翻訳者もいるが、翻訳者の大半は杉山と似たり寄ったりだと思うし、僕だってその一人だろう。

「甘いよ」

僕は自分に言いきかせるように言った。

「甘いかね」

「杉山さんも甘いなあ」

「自分でもそう思う」

異臭が気にならなくなっていた。ただ、自分の躰にしみつくのではないかという気がした。

女房に逃げられた翻訳者が僕の目の前にいる。杉山はその汚れたパジャマをいつから着ているのか。パジャマが汚れていることにも無神経になっている姿があわれだった。

「情ないよ」

その声がうつろにひびいた。僕は、元気を出してくださいよと言ってはみたが、効果はなかった。

浩子はこのアパートにもどってはこないだろう。部屋のなかががらんとしていて、彼女の持物らしきものもない。だらしない独身の男のアパートだった。僕だって部屋をこんなに汚したことはない。小島や篠崎に相談するつもりだった。二人から知恵を借りなければならない。

僕は言って立ちあがった。杉山も立ちあがったが、その顔は途方に暮れた少年に似ていた。

「失礼します」


「まだいいだろう。もう少しいなさいよ」

杉山は哀願するように言ったが、僕は早くここから出て、まず手を洗いたかった。一方では、自分を冷酷な男だとも思っていた。

「浩子は出ていく前に、僕に言ったんだ。いっしょに住むのは生理的にいやだって」

「嫌われたものだね」

「そう」

「ぶんなぐってやればよかったのに」

小島の言いそうなことを僕は口にしてしまった。浩子に腹を立てていたのだ。杉山をもてあそんだ、その仕打に憤慨した。あどけない顔をして、浩子は杉山を手玉にとった。

「諦めなさい」

僕は忠告したが、それがはたして忠告になるかどうかはわからなかった。杉山のアパートを出たとき、ほっとしたが、頭から太陽が照りつけてきて、額の汗を手でぬぐった。今年も夏が来ていた。

三鷹から中央線に乗った。その日、僕は小島に手紙を書いて杉山のことを伝えた。小島のアパートにも電話がなかったのだ。電話を持っている翻訳家は数えるほどしかいなかった。

杉山に会ったのはその日が最後だった。三鷹のアパートをもう一度訪れてみたが、杉山が引越したあとだった。郷里に帰ったらしいということを聞いた。小島からは、新宿の酒場で浩子に会ったという話をきいた。杉山に似ている男といっしょだったよ、と小島は言った。

会社に杉山の母親から手紙と小包みが届いた。杉山の実家は九州の大分である。母親は、息子が事故死したことを伝え、生前のご厚誼を深く感謝いたしますと書いていた。ただ事故死としか書いてなかったので、もしかしたら自殺ではなかったのかと想像した。小包みには、杉山が使っていたというパーカー51がはいっていた。書きやすい万年筆だったので、僕は重宝した。杉山に似て、僕の指の癖に従う素直な万年筆で、字を書くのが楽しかった。

あとがき

“yes, yes, and yes.”という台詞を某大学教授が「そうだ、そうだ、そしてそうだ」と訳したという話を聞いたのは、一九五九年（昭和三十四年）の春である。“A colored man from Africa”を「アフリカから来た色男」と翻訳した人がいると聞いたのも同じころだった。カラード・マンは黒人のことであるが、探偵小説の翻訳ではそういうことがときどきあったのである。

しかし、私にしても他人の悪訳や誤訳を嗤うわけにいかなかった。ホモセクシャルを描いた短編のミステリーをそれと知らず翻訳してしまって、赤っ恥をかいたことがある。ニューヨークでは“downtown”は名詞でないかぎり、「南の方」という意味になるのだが、南の六十何丁目かと訳すべきところを、下町の六十何丁目とやってしまった。

エラリー・クィーンのある短編の翻訳を読んでいたら、名探偵クィーンがニューヨークの通りを四つ角まで歩いてゆくというシーンがあった。しかし、読みすすんでも、その四つ角が出てこない。たまたま原作を読む機会があって、四つ角は“crosstown”である。

マンハッタンは北の方と南端を除けば、道が碁盤の目のように走っている。説明するまでもないが、東西に通っているのがストリート、南北はアヴェニューで、北へ行くときは“go uptown”、南に向えば“go downtown”になり、ストリートを東か西へ行く場合は“go crosstown”という。したがって、四つ角へ行くと訳すのは間違いであるが、昭和三十年代の英和辞典にそういう意味は出ていなかった。

このような誤訳を痛烈に指摘した人がいる。この人がガードナーのペリー・メイスンものを翻訳したのだが、拙劣で読めたものではなかった。誤訳をたちどころに見破る人だから、編集者が名訳を期待して、その人に翻訳を依頼したとあとで聞いた。

あのころ、探偵小説の翻訳をしていた人たちは出版界というより世間の片隅で暮していたように思う。私もそういう暮しをはじめたばかりだった。長い下訳生活がつづいたので、自分の名前で翻訳できるのが楽しくてたまらなかった。自分の名前といっても、いろんな筆名を用いた。お恥かしいことだが、ダンヒルとかジレットとかいう片かなの名前でコラムを書いたこともある。

「海燕」の根本昌夫氏に、拙作『遠いアメリカ』の前後のことを短編のかたちで書いてみないかとすすめられたのは、三年前のいまごろだった。それを図々しくも隔月で十一編も書いてしまったのは、結果を考えなかったからである。ただ、昭和三十年代の前半をフィクションでまとめてみたかった。

もちろん、事実もまじえてある。四谷若葉町の六畳一間のアパートは、とっくに消えてしまったと思っていたら、まだ残っているとある人が知らせてくれた。それを確かめに行ってみたら、ほんとうに昔とさほど変らずにあったのである。ただ、アパートのある路地から新宿通りに出たところにあった鳥肉屋はなくなっていた。

そのアパートの近くに、年に二度か三度顔を出す酒場がある。そのむかし、新宿のべつの町にこの酒場があったころはよく通ったのだが、現在地に移ってからは足が遠のいた。この本が出て、むかし懐しいその酒場で、根本氏や本書の編集を担当してくれた佐藤芳実氏とかるく一杯やりたいものである。その席でお二人にお礼を申しあげたい。

一九九二年一〇月二一日

常盤新平

エッセイ
昔のアパート

三十三年前に住んでいたアパートがまだ残っていることをその近くに住む知人が手紙で知らせてくれた。手紙には写真が二枚同封されていて、一枚は入口の写真、もう一枚は私が住んでいた部屋を塀の外から写したものである。

実はそのアパートの名前も住所も私はすっかり忘れていたし、そこから引越したあとは一度も訪ねてみなかった。そして三十年もたって、そのアパートのことを小説に書いたとき、アパートはとうの昔に取壊されて、そのあとに高層のオフィスビルかマンションが建ったにちがいないと思いこんでいた。そのあたりの変りようがあまりにもはげしかったからだ。

かつてはアパートの前の路地から新宿通りに出ると、そこには三和銀行と蕎麦屋と銭湯くらいしかなかったのに、いまは道幅がひろくなって、いろんな店が並んでいる。昭和三十四年の春から三十五年の初夏にかけて、一年あまりそのアパートに住んでいたころ、夜に四谷見附から帰るとき、新宿通りは暗いさびしい通りだった。

アパートがあった若葉町という町名も消えてしまったのではないかと思っていた。地図を見れば、残っているのがすぐにわかったはずであるが、新宿通りをタクシーで通っても、立ちよってみる気にはならなかった。変りはてた姿を見たくないという気持があったのかもしれない。

アパートは結婚したばかりの私たちのいわば新居だった。大家が古い木造の平屋に二階を新築して、四世帯はいれるアパートにしたのである。

幅半間の入口で靴を脱いで、それを持って、梯子のような階段をあがって二階に行く。手前は部屋が二間で、東と南に面した窓があり、そこには陽気な中年のおばさんが住んでいた。ただし、一ヵ所には長く住まないとたしか大家のおばさんから聞いた。金持なのだが税金逃れのために転々と引越しているという噂だった。

そのとなりに魚河岸の海老の仲買人とかいう夫婦が住んでいた。夜中に起きて仕事に出かけ、朝には帰ってきて、日中は寝ている。

となりに住む私たちの部屋にはときどき日中から鼾が聞こえてきた。それは私が風邪で会社を休んだときだったと思う。

私たちの部屋は六畳一間で、入口にちっぽけな台所がついていた。部屋に洋服箪笥や食器戸棚、鏡台、本箱などをおくとじつに狭かったが、取り柄は陽あたりのよいことだった。

冬は天気がよければ、部屋のなかはぽかぽかと暖かかったし、夏は入口のドアを開けておくと、風が抜けていって涼しかった。

私は神田の出版社に勤めていて、帰宅すると、折りたたみ式の食卓や炬燵で翻訳をした。月給が一万三千五百円だったから、家賃の五千円を引くと、アルバイトをしなければ食ってゆけなかった。要するに私たちは貧しかったのだが、アパートの生活を楽しんでいた。銭湯は近かったし、新宿通りに出る手前の路地を左にはいったところに鮨屋があり、四谷見附のそばには鰻屋、四谷三丁目のほうに少し行くと、とんかつ屋があった。地下鉄丸ノ内線が開通するのはその二、三年先である。

半年ほど前にたまたま母の手紙が見つかって、このアパートの名前がわかった。その手紙の宛先が新宿区若葉町一ノ二寿楽荘だったのだ。ハハシスという兄からの電報も寿楽荘で受けとった。

このことをあるエッセーに書いたところ、それを読んだ知人が近所を散歩していて、まだ健在の寿楽荘を見つけたのである。彼女はこのアパートの前に立って、感動したという。それで後日、カメラを持って出なおし、その写真を私に送ってきた。

写真で見ると入口のドアは昔のままであるように思われる。四谷警察署管内アパート防犯協力会員という鋲でとめたカードだって相当に古いだろう。その上に寿楽荘という小さな貼紙が見える。

郵便受もドアの把手も古く、わびしい感じがした。しかし、三十三年のあいだにはなんどか修理したのにちがいない。

もう一枚の写真は明らかに私たちが住んでいた部屋を撮ったもので、窓には懐しくもすだれがかかっている。知人は夏の暑い日にこの写真を撮ったのだ。

写真にうつった窓を見ながら、なんど畳の表替えをしたことだろうと思った。昔のままに残っているのが不思議でならなかった。

知人から手紙をもらって数日後、新宿へ出たついでに、丸ノ内線に乗り四谷三丁目でおりた。この地下鉄の駅のすぐそばには年になんどか行く酒場がある。

寿楽荘はその酒場から歩いて五分とかからないところにあった。新宿通りからアパートのある路地にはいるとき、こんなに狭い路地だったかと驚いた。新宿通りとその路地の角の一方は鳥肉屋だったのだが、麦とろなんかを食べさせる料理屋に変っている。もう一方の角はクリーニング屋である。この店は昔からあったような気がするが、記憶は当てにならない。

寿楽荘はたしかにあった。写真のとおりであり、記憶のなかの寿楽荘とそっくりである。私はしばらく入口のドアの前に立ち、それから横にまわって、私が住んでいた部屋の窓を見上げた。その窓には秋の陽があたっている。

寿楽荘に住んでいるあいだ、私はそのまわりを歩くことがほとんどなかった。貧乏で翻訳のアルバイトに忙しかったからだろうが、周辺を歩いてみなかったことがいまは残念でならない。いまとちがって、そのころはものぐさで歩くのが嫌いだった。

寿楽荘と決めたのは、妻の親友が新宿通りをへだてた坂町に住んでいたからだ。彼女のアパートは広い板の間と広い台所、それに四畳半の和室があり、風呂場がついていた。私たちは土曜日の夜や日曜日の午後、坂町の彼女のアパートを訪れた。かならず風呂に入れてもらった。

彼女のアパートにはたいてい愛人が来ていて、私たちを歓待してくれた。彼女は銀座の酒場に勤めていて、彼はいわゆる青年実業家風の二枚目だった。彼女が亡くなってまもなく十年になるし、彼のほうは数年前に地下鉄で会ったとき、すっかり老人になっていた。

寿楽荘は私が世の中に出ていく出発点でもあった。大学を出てから四年もたってやっと就職し、翻訳者としては駆け出しで、世間も何も知らないでいた。妻は子供の芝居で地方をまわっていた。

寿楽荘にはもう一度行ってみるつもりでいる。べつに昔を懐しみたいからではなく、何か忘れていたものを探してみたいのである。探したからといって見つかるものではないことはわかっている。おそらくこの三十三年をかなりいいかげんに過ごしてきたのをあらためて知るだけだろう。


（「海燕」一九九二年十二月号）

二十代の終わりごろ

ハヤカワ・ミステリは多くの翻訳家を世に送りだした。私はだいぶおくれてきたその一人だ。

大学を出るころ、翻訳で食ってゆければと願い、就職をせずに、文芸評論家でハヤカワ・ミステリの翻訳をはじめた中田耕治の下訳をさせてもらった。

中田さんはこのシリーズ二冊目、ミッキー・スピレインの『裁くのは俺だ』を翻訳した。私はその後半の五百枚ほどを下訳したのだが、内容をよく理解できなかった。拙劣な訳だった。

中田さんは神田駅前で「少ないけど、これ原稿料」と千円札五枚を私のポケットに入れてくれた。生れてはじめての原稿料だったから、とても嬉しかった。昭和二十九年の秋ごろだ。

それから中田さんからミステリのペーパーバックを何十ページから破りとったのを渡さ

れて、下訳生活がつづいた。私はまだ親がかりで、アメリカのペーパーバックを読んで、漫然と日を送っていた。

「君はいつまでたっても、翻訳がうまくならないねえ」と中田さんにからかわれて、私はくさった。自分でもそのことがわかっていて、好きなアーウィン・ショーの翻訳は夢のまた夢だった。

それから三、四年ほどして、中田さんは早川書房の福島正実に紹介してくれた。福島さんはハヤカワ・ミステリ担当の編集者で、アンドリュウ・ガーヴなどのミステリーのほかに子供の本を翻訳していた。

福島さんに頼まれた本は人気のあったE・S・ガードナーの中編二本である。弁護士ペリー・メイスンのシリーズではなく、カリフォルニアの田舎町の老保安官が主人公であったが、なにしろ五十年も前に翻訳したので、内容は記憶にない。

福島さんは私を立ち会わせて、私の訳稿に赤鉛筆で徹底的に手を入れた。私は毎日、早川書房に通った。

辛いことではあったが、福島さんのおかげで商品になる翻訳ができるようになったと思う。何ごとにも私は無器用だった。

ハヤカワ・ミステリをはじめて翻訳する場合、印税ではなく原稿料一枚百円の買い切りだった。ガードナーはたしか四百枚ばかりだったから、せいぜい四万円にしかならない。

それもさほど気にならなかった。この一冊で翻訳者の端くれになれるのなら、それでいいやと思った。しかし、福島さんは社長に話をつけて印税にしてくれた。八パーセントの印税だと八万円になる。あとで某社は一〇パーセントと聞いた。

印税は一月後に一回で支払われるのではなく、月一万二千円の分割払いと決まっていた。そのうち源泉で一割引かれるから、手取りは一万八百円だ。

早川書房は社業が安定して社屋を改築してひろくなったが、旧社屋と同じように編集部へ行くには靴を脱いで、スリッパをはくのだった。三月はじめのある日、福島さんに呼ばれて新社屋を訪ねると、入社をすすめられた。中田さんに相談すると、私の入社に強く賛成した。

「自分の好きなものが翻訳できるようになるよ」と中田さんは言われた。私は勤めないで、翻訳をつづけるのが念願だったから、おおいに迷って、のちに妻となるひとにも相談した。いつでも辞めればいいのだというつもりで、福島さんのすすめに従った。早川書房の応接室で社長の面接を受け、給料は手取り一万五千円ということで、そのことを福島さんに報告した。

福島さんは「そうか」とにやにやした。大手出版社の初任給は当時二万円だと聞いた。

昭和三十四年四月一日は初出社だった。都筑道夫や生島治郎などに紹介された。都筑さんとはしぶや百軒店の古本屋でときどき顔が合っていて、福島さんを通じて、都筑さんがおくれにおくれているSFの下訳をしたことがあった。

生島さんは快活な好青年で、都筑さんの下で「エラリー・クイーンズ・ミステリ・マガジン」（EQMM）の編集をしていた。彼とはすぐに親しくなった。

「なぜ出版界のタコツボなんかにはいったんだ」と生島さんは笑った。彼も都筑さんも福島さんもいずれは作家として独立するつもりでいた。

そのころ、私は高田馬場に住んでいたのであるが、勤めることになって、会社のある神田から銀座が近くなったのが嬉しかった。昼休みや会社の帰りに地下鉄で銀座に行き、洋書店イエナを覗いた。

ようやく渋谷や神保町の古本屋でアメリカペーパーバックを漁るのをやめて、イエナで新刊を買うようになった。

初給料の日、社長から給料袋をもらうと、福島さんがさっそくきいてきた。

「いくらだった？」

「一万三千円です」

「やっぱりそうか」

福島さんは笑ったが、それは苦笑だったかもしれない。私はそれから十年勤続して、じつにたくさんのことを学んだ。

（「文藝春秋special」二〇〇七年十月）

解説　翻訳の達人たち

青山　南

一九七九年からおよそ一年、月に一度、かならず、常盤新平さんと会っていた。いつも川本三郎さんがいっしょだったが、それは三人が編集委員のような役割で「ハッピーエンド通信」という小冊子にかかわっていたためで、いちおうは編集会議だったが、なんだか雑談ばかりしていた。そのうち、せっかくだから、なにかひとつのテーマでおしゃべりしてそれを冊子の最終ページに収録しようということになり、何回目かからの編集会議からは、おなじ雑談でもすこし実のあるものになった。

常盤さんは、この三人の組み合わせが気に入っていらしたようで、いいですよね、青山さんが二十代、川本さんが三十代、そしてわたしが四十代という年齢配分がいいです、とよく言っていた。ぼくはギリギリの二十代、川本さんは三十代半ば、常盤さんはギリギリの四十代だったのである。

「ハッピーエンド通信」は、そのちょっと前にニューミュージック・マガジン社から出た『ヘビー・ピープル１２３』という本がきっかけで生まれた。そのあたりのいきさつについては、常盤さんがつぎのように書いている。

「二年前（→一九七八年）、青山南、川本三郎の両氏、それに私の三人で『ヘビー・ピープル一二三人』という一冊を企画し、加賀山弘氏が編集を担当した。その本が出たとき、三十人ばかりの執筆者が集まって、酒を飲んだ。みんながこの本に興奮し、満足していた。『ヘビー・ピープル一二三人』はアメリカを動かしていると思われる百二十三人の人物紹介だったのであるが、その人たちは意外に知られていなかった。彼等を紹介しておきたいということで、青山さん、川本さんばかりでなく、執筆者のみなさんも同じ気持だった。『ヘビー・ピープル一二三人』の出版を祝う会は、二次会、三次会になっても、出席者の数は減らなかった。夜がふけるにしたがって、みんなが熱狂していった。そういう熱狂から、『ハッピーエンド通信』という小さな雑誌が生れた。『ヘビー・ピープル一二三人』もそうであったが、『ハッピーエンド通信』も、活字を通じてアメリカを見ようという雑誌だった。アメリカの本や雑誌によって、私たちはアメリカをもう一度見たかったのである。『ハッピーエンド通信』は残念なことに、短命に終った。編集にあたった加賀山さんの奮闘も空しく、意外なほど早く廃刊になった。私は『ハッピーエンド通信』を雑誌としてよりも、一つのささやかな運動とみていた。」

『ハッピーエンド通信』からさらに生まれた『アメリカ雑誌全カタログ』（冬樹社刊）のあとがきの一節だが（常盤さんは『ヘビー・ピープル一二三人』と書いているが、正しくは『ヘビー・ピープル123』)、「みんなが熱狂していった」とか「私は『ハッピーエンド通信』を雑誌としてよりも、一つのささやかな運動とみていた」といった文章を読むと、『ハッピーエンド通信』にかかわった時間は常盤さんには楽しい時間だったんだろうなあ、とあらためて思う。

常盤さんとも川本さんとも、『ヘビー・ピープル123』をつくるまでは面識がなかったが、「ハッピーエンド通信」の編集会議ではおふたりと親しく話をさせてもらえるようになり、多くのことを学んだ。ありがたい時間だった。長いこと早川書房の編集者だった常盤さんの、翻訳についての、翻訳者についての話はけっこうゴシップもいっぱいの、こっちの知らないことばかりで、聞いていて楽しいこと、このうえなかった。いまでもはっきり覚えているのは、会議のあと、編集部のあった渋谷の桜丘から渋谷の駅までの帰り道に常盤さんがポソッと放った言葉である。

「青山さん、〈チ〉ってなんですか?」

「〈チ〉?」

「知識の〈チ〉です、知恵の〈チ〉。ほかに訳しようがないんですかね?」

その頃、雑誌等でよく見かけるようになった「知」という翻訳語である。フランス語の「savoir」の訳語のようですよ、とぼくは答えたが、常盤さんはそんなことは先刻承知で、訳語の日本語が気になってしかたない様子なのだった。どういう日本語にしたらいいか、いつも考えている翻訳者の姿が、そのとき、垣間見えた。

常盤さんは、その頃はまだ、小説を書いていなかった。最初の小説『遠いアメリカ』で直木賞を受賞するのは、それから八年後の一九八七年のことである。一九五〇年代、アメリカの小説の翻訳者を志す二十代半ばの青年を描いた、ほとんど自伝的な作品だが、「ハッピーエンド通信」の編集会議の折に聞いた話もいくつか出てくるので、読みながらこっちは何度かニヤリとしたものだ。主人公の青年はアーウィン・ショーの短編「夏服を着た女たち」を翻訳するのが夢だが、まさに「ハッピーエンド通信」でごいっしょしていたときにその作品をふくんだショーの短編集を常盤さんは刊行したのだから、なんだか恥ずかしいくらい身近にかんじたのを覚えている。

『片隅の人たち』は、『遠いアメリカ』とほぼおなじ時期を舞台にした、やはりかなり自伝的な小説だが、出版界の片隅ではたらく翻訳者たちの姿がだんぜん印象的に描かれていて、そこが前作とは少々おもむきがちがう。一九五〇年代にアメリカやイギリスの小説を翻訳していた面々がつぎつぎ登場するのが魅力である。

「暑い日だったにちがいない、カウンターだけの細長いその喫茶店のドアが開いていて、奥にちょび髭をはやした、全体に丸い感じの植草甚一さん、真中に三つ揃いの吉田さん、手前に『ＥＱＭＭ』の編集長、都筑道夫さんがすわっていた。」

「翻訳の名人」の冒頭部分だが、言うまでもなく、植草甚一と都筑道夫は実名であり、

「吉田さん」だけが作品のために作られた名前、そして翻訳者である。もっとも、作られた名前のようであっても、どんな作家の本を翻訳しているのかがそれとなく書かれているので、翻訳者を意識して本を読んできた者なら、あの人（あるいは、あの人とあの人の合成）かな、と想像できるようになっている。

『片隅の人たち』は、「引越し」以外、どの章にもいろいろな翻訳者が登場するが、実在したただれかを想定して書かれているのは明らかで、その意味では、はっきりとモデルがいる小説である。

たとえば、「黒眼鏡の先生」には「大沢清治さん」という翻訳家が登場し、その格好良さに主人公とその恋人は魅了されているが、つぎのような一節を読めば、それがだれをモデルにしているかは、多少なりともアメリカの小説が好きなかたなら簡単に察しがつくだろう。

「やっぱりレイモンド・チャンドラーの翻訳者にふさわしい紳士だ。それが大沢さんから受けた第一印象である。僕は大沢さんが翻訳した『さらば愛しき女よ』の文体が好きだった。それに、学生時代にはウィリアム・サローヤンの『わが名はアラム』を愛読している。仙花紙に印刷されたこの小説集も大沢清治訳だったし、実はこれを読んで、サローヤンというアルメニア系の作家を知り、大沢清治という名前をおぼえた。」

清水俊二である。いまなお、チャンドラーは清水俊二、と断言するファンが多くいる翻訳者である。映画の字幕の世界でも完全にひとつのスタイルをつくりあげた翻訳の達人である。

いま引いた文章の数ページ先には、常盤さんも茶目っ気をだして、

「大沢さんの翻訳やエッセーはみな彼が読んでいます、と沙知は言った。僕は大沢さんと植草甚一と清水俊二の書いたものにはかならず目を通していた。」

と書いているが、見え見えですよ、常盤さん。

と、こんなふうに、だれがモデルだろうか、と推理できるゲーム的な楽しさが本書にはある。宮田昇の『新編戦後翻訳風雲録』（みすず書房）などを読むと、本書の翻訳者志望の主人公が仰ぎ見た翻訳者たち、つまり作品のモデルになっている翻訳者たちには、したたかで変幻自在な面々がそろっていたのがわかるし、本書でも、多くの翻訳者に「変った人」という言葉があてられているが、そんな人々のけっこう生々しい生態が描かれているのがなにより楽しい。

モデルというなら、喫茶店などもほとんどそのままの名前で登場している。いまもまだ小説の時代と同じ場所にあるかどうかは未確認だが、主人公が愛する渋谷のトップや高田馬場のユタなどは、ぼくにもなつかしい名前だ。「ハッピーエンド通信」の編集会議でも、そんな名前をめぐって話が盛り上がったことがあった。

主人公がしょっちゅう出かけていっては薄汚れたペーパーバックを漁っている渋谷の

「碇さんが相棒の中年のおじさんとやっている古本屋」も、また、やはり主人公がよく出かけるペーパーバックの古本が山積みの神田の東京泰文社も、実在した。主人公にはよく手を洗う癖があるが、なんと、「この癖がついたのは、碇さんの古本屋に通った結果である。」

『片隅の人たち』は、「翻訳なんてまともな職業じゃない」と思いながらも、「世の中からはずれて」「どん底にいるような」気がしていても、翻訳者を志す主人公の話ではあるが、それ以上に、タイトルが示すように、戦後の一筋縄ではいかない、逞しい翻訳者たちへのオマージュである。かれらの言動をまぶしそうに見つめる主人公の眼差しが希望と憧れに満ちているので、かれらがいっそうかがやく。

（あおやま・みなみ　翻訳家）

片隅の人たち　初出「海燕」（福武書店）

翻訳の名人　一九九〇年十一月号
若葉町の夕　一九九一年一月号
線路ぎわの住人　一九九一年三月号
四月の雨　一九九一年五月号
初夏のババロワ　一九九一年七月号
黒眼鏡の先生　一九九一年九月号
喫茶店の老人　一九九一年十一月号
新しい友人　一九九二年一月号
夜明けの道　一九九二年三月号
引越し　一九九二年五月号
夏の一日　一九九二年七月号

編集付記

一、本書は『片隅の人たち』（福武書店、一九九二年十二月刊）を底本として、文庫化したものである。文庫化にあたり、新たにエッセイ「昔のアパート」「二十代の終わりごろ」を収録した。

一、底本中、明らかな誤植と考えられる箇所は訂正し、難読と思われる語には新たにルビを付した。

一、本文中、今日の人権意識に照らして不適切な語句や表現が見受けられるが、著者が故人であること、発表当時の時代背景と作品の文化的価値に鑑みて、底本のままとした。

中公文庫

片隅《かたすみ》の人《ひと》たち

2021年1月25日　初版発行

著　者　常盤《ときわ》新平《しんぺい》

発行者　松田陽三

発行所　中央公論新社
〒100-8152　東京都千代田区大手町1-7-1
電話　販売 03-5299-1730　編集 03-5299-1890
URL http://www.chuko.co.jp/

DTP　ハンズ・ミケ
印　刷　三晃印刷
製　本　小泉製本

Published by CHUOKORON-SHINSHA, INC.
Printed in Japan　ISBN978-4-12-207020-2 C1193

各書目の下段の数字はISBNコードです。978－4－12が省略してあります。

中公文庫既刊より

ふ-22-4
編集者冥利の生活
古山高麗雄
安岡章太郎「悪い仲間」のモデル、『季刊藝術』の同人として知られた芥川賞作家の自伝的エッセイ&交友録。表題作ほか初収録作品多数。〈解説〉荻原魚雷
206630-4

い-2-7
浪漫疾風録
生島治郎
『EQMM』編集長を経てハードボイルド作家になった著者の自伝的実名小説。一九五六～六四年の疾風怒濤の編集者時代と戦後ミステリの草創期を活写する。
206878-0

い-2-8
星になれるか
生島治郎
直木賞受賞、睡眠薬中毒、そして再起へ。一九六四～七八年の綺羅星の如き作家たちの活躍を描く戦後ミステリ裏面史。『浪漫疾風録』完結編。〈解説〉郷原宏
206891-9

み-10-24
文壇放浪
水上勉
編集者として出版社を渡り歩き直木賞作家に。波乱に富んだ六十年を振り返り、様々な作家を回想、戦中・戦後の出版界が生き生きと描かれる。〈解説〉大木志門
206816-2

い-8-8
青春忘れもの 増補版
池波正太郎
小卒の株仲買店の小僧が小説家として立つまで――。著者の創作のエッセンスが詰まった痛快な青春記。短篇小説「同門の宴」を併録。〈解説〉島田正吾
206866-7

し-8-5
わが青春無頼帖 増補版
柴田錬三郎
苛烈な戦争体験、目くるめく女性遍歴――故郷出奔から直木賞受賞までの無頼の日々を綴る回想録。私小説的短篇五篇を併録。随筆二篇を増補。〈解説〉縄田一男
206933-6

ゆ-2-23
軍旗はためく下に 増補新版
結城昌治
陸軍刑法上、死刑と定められた罪で戦地で裁かれ処刑された兵士たち。戦争の非情を描く直木賞受賞作に著者自作解説を増補。〈解説〉五味川純平／川村湊
206913-8